موت کی کتاب

خالد جاوید

خالد جاوید

موت کی کتاب

(ناول)

عرشیہ پبلی کیشنز دہلی ۹۵

Maut Ki Kitab
by Khalid Jawed

IVth Edition : 2022
IIIrd Edition : 2020
IInd Edition : 2012
Ist Edition : 2011
ISBN : 978-93-89455-96-0

نام کتاب : مَوت کی کتاب (ناول)
مصنف : خالد جاوید
مطبع : کلاسک آرٹ پریس، دہلی

ناشر : عرشیہ پبلی کیشنز، دہلی

اس ناول کے تمام کردار، مقامات اور واقعات فرضی ہیں، جن سے کسی بھی قسم کی مطابقت محض ایک اتّفاقی امر ہو سکتا ہے۔ مصنف اور پبلشر اس مطابقت کے لیے ذمّے دار نہیں ہیں۔

arshia publications
A-170, Ground Floor-3, Surya Apartment,
Dilshad Colony, Delhi - 110095 (INDIA)
Mob: (0) 9899706640, 9971775969
Email: arshiapublicationspvt@gmail.com

Composed at: Frontech Graphics, 9818303136

سنسکرت زبان

کے پراسرار حرف

ऋ

اور

اِس ناول کے آخری ورق

کے نام

فہرست

دیارِ اہلِ معنی بے نصیباں بیشتر دارد
زپیشانی خطِ تقدیر زائل می کنند ایں جا

(اہلِ معنی کے شہر میں زیادہ تر بے نصیب ہی رہتے ہیں۔ یہاں پیشانی سے تقدیر کی لکیر کو مٹا دیا جاتا ہے۔)

—ناصر علی سرہندی

ہوئی ہے خواب سے شادی مری تنہائی کی
پہلی بیٹی ہے اُداسی مری تنہائی کی

—فرحت احساس

”مجھے مادّہ منویہ کی بُو سے نفرت ہے، مجھے وہ
زمانہ یاد ہے جب مجھ میں سے مچھلیوں کی
سڑانڈ آتی تھی۔“
(برگمین کی فلم Silence کا ایک کردار)

کوئی پھول، پتہ، یا پودا کتنا ہی نازک، کتنا ہی خوبصورت، حیرت انگیز اور مختلف کیوں نہ ہو، کسی اناڑی کی آنکھ کو وہ زیادہ دیر تک مسرت نہیں بخش سکتا۔ نباتات کی رنگارنگی سے حظ اُٹھانے کے لیے یہ ضروری ہے کہ اُس کی تھوڑی بہت سمجھ تو ہو، مختلف پودوں کے آپسی رشتوں، اُن کی خصوصیات اور اُن کی انفرادیت کا کچھ علم ضرور ہو اور سب سے زیادہ علم تو مٹّی کا ہونا چاہیے۔

— ژاں ژاک رُوسو

”کوئی نظم پڑھنے والے کے لیے نہیں ہے، کوئی تصویر دیکھنے والے کے لیے نہیں ہے اور کوئی موسیقی سننے والے کے لیے نہیں ہے۔“

——والٹر بنجامن

بچپن میں پہلی بار میں گیس کا غبارہ ہاتھ میں تھامے ایک سڑک پر دوڑتا چلا جارہا تھا۔ میں بہت شاداور مگن تھا کہ غبارہ ایک آواز کے ساتھ پھٹ گیا۔ میں نے پیچھے مڑکر دیکھا، سڑک پر قابلِ رحم انداز میں ایک پچکی ہوئی ربڑ کی لجلجی سی شے پڑی ہوئی تھی۔

اب اِس عمر میں آکر مجھے یہ سمجھ میں آگیا ہے کہ وہ پچکی ہوئی شے دنیا تھی۔

ـــ حوزے سارا ما گو

دوسرے ایڈیشن کا پیش لفظ

'موت کی کتاب' کے اس دوسرے ایڈیشن کے شائع ہونے کے موقع پر چند باتیں کرنا ضروری ہیں۔ اگر پاکستانی ایڈیشن کو شامل کریں تو یہ تیسرا ایڈیشن ہے۔

سب سے پہلے تو میں اُن سب قارئین کا شکریہ ادا کرنا چاہتا ہوں جنھوں نے میرے دُکھتے ہوئے ناخنوں کی لاج رکھ لی۔ کتاب کو محبت اور پسندیدگی کی نظر سے دیکھا۔ اُن سب کا تہہ دل سے شکریہ۔ اس کے بعد میں اُن قارئین کا بھی ممنون ہوں جنھیں یہ ناول پسند نہیں آیا، یا جن حضرات نے اِسے نفرت اور کراہیت کی نظر سے دیکھتے ہوئے اس سے اپنا پیچھا چھڑا لیا۔ بلکہ ان لوگوں کا تو زیادہ ہی شکر گزار ہونا چاہیے کہ انھوں نے ایک واہیات سی کتاب کو پڑھنے کی اذیت سے خود کو دو چار کیا اور بہرحال مجھے توجہ کا مستحق جانا کیونکہ دنیا کی ہر شے ہر ایک کے لیے نہیں ہوا کرتی۔ مجھے اس بات کا افسوس ہے کہ پہلے ایڈیشن کے عرضِ مصنّف میں، میں نے کتاب کو نالے میں پھینک دینے کی جو بات لکھی تھی اُسے بعض لوگوں نے لفظی معنی میں ہی سمجھا جبکہ اُس سے میرا مقصد قاری کو نظر انداز کرنا یا اُسے کمتر سمجھنا ہرگز نہ تھا۔ جو لوگ مجھ سے واقف ہیں وہ بخوبی جانتے ہیں کہ میں تو اپنی ذات کو بقول منٹو سڑک پر پڑے روڑے سے بھی کمتر گردانتا ہوں۔ اپنی انکساری کے اظہار اور قاری کی خود مختار حیثیت کے احترام کے علاوہ اس کا منشا اور کچھ نہ تھا۔ ناول کے بارے میں کچھ بھی کہنے سے قاصر ہوں۔ اپنی کہانیوں کے مجموعے ''آخری دعوت'' کے پیش لفظ میں، میں نے جرمن نقاد مارسل رائخ کا ایک مقولہ نقل کیا تھا جو یہ تھا ''ادیب اپنی تخلیقات کے بارے میں اتنا ہی علم رکھتے ہیں جتنا کہ پرندے علم طیر

کے بارے میں۔"

مگر کسی فن پارے میں گھٹن، دُکھ، گندگی، زخم، موت مایوسی اور بدصورتی کی مخالفت آج کے دور میں جس زور و شور سے ہو رہی ہے۔ اس پر مجھے کوئی حیرت نہیں ہے۔ ادب کو زیادہ تر لوگ جمالیاتی انبساط حاصل کرنے کے لیے ہی پڑھتے رہے ہیں۔ جبکہ ادب کا اصل کام ضمیر کے دھول بھرے صدر دروازے پر لگاتار دستکیں دینے کا ہے۔ تعجب ہے کہ ادب اور خاص طور پر فکشن میں لوگ اس قسم کی بات کرتے ہیں جبکہ بدصورتی کی گھٹّی پی کر ہی خوبصورتی کا جنم ہوتا ہے۔ خوبصورتی اور بدصورتی کا فرق ہماری محدود نظر نے پیدا کیا ہے ورنہ اللہ تعالیٰ کے یہاں تو بدصورت کچھ نہیں ہے۔ خیر مجھے پکاسو کی یہ بات ہمیشہ یاد رہتی ہے کہ کلاکار میں جس لمحے دوسروں کو سُکھ نہ دینے کا حوصلہ پیدا ہو جاتا ہے، وہی لمحہ اُس کی زندگی کا حاصل بن جاتا ہے او ر یہ بھی کہ لوگوں سے محبت حاصل کرنے سے زیادہ اُن کی دشمنی مول لینا زیادہ مشکل ہوتا ہے۔ بقول پکاسو آرٹ کا جنم ہی بغاوت سے ہوا ہے۔ اگر اُسے کھلے عام قبول کیا جانے لگے گا تو وہ گمراہ ہو جائے گا۔

سو میں تو ادب اس لیے پڑھتا رہا ہوں کہ وہ میرے ضمیر کے اوپر ایک کڑا مقدمہ دائر کرے، اپنی عدالت لگائے اور یہ سب کچھ بغیر کسی سیاسی رنگ کے یا بلند نعروں کے ہونا چاہیے ورنہ ایڈورڈ سعید کے مطابق آخر میں کسی بھی احتجاج کے کوئی معنی نہیں رہ جائیں گے۔

آج کل صورت حال یہ ہے کہ ہر راستے پر سیلز مین کھڑے نظر آتے ہیں۔ مگر ادب کوئی سڑک چھاپ اور لفنگے قسم کا سیلز مین نہیں ہے۔ وہ آپ کو کبھی یہ نہیں بتائے گا کہ اُس کے پاس کیا ہے اور اور وہ آپ کو کیا دینا چاہتا ہے۔ شاید اُس کے پاس ایسی کوئی شے ہے بھی نہیں جو پہلے ہی سے موجود نہ ہو۔

میں ہمیشہ سے کہتا آیا ہوں کہ لکھنا اکیلے ہو جانے کا عمل ہے۔ اور ناول نگار کو تو باختن نے دنیا کا سب سے زیادہ اکیلا شخص قرار دیا تھا۔ وہ ہمیشہ ایک نادیدہ قاری کے انتظار میں رہتا ہے۔ اُسے نہیں معلوم کہ اُس کے لفظوں کا کیا مطلب لیا جا رہا ہوگا۔ ناول نگار سے بہت دور،

کہیں کاغذ پر لکھا، اُس کا کمزور یا طاقت ور ہر لفظ پوچھتا رہے گا ''کیا تم چابی لائے ہو؟' ناول سے باہر تو لفظ ڈکشنری کی طرح خاموش اور تنہا پڑے تھے۔

'موت کی کتاب' لکھتے وقت میں اکیلا تھا۔ لکھنے کے بعد بھی اکیلا رہا۔ اس شور شرابے، ہنگامے میں، میں کہیں شامل نہ تھا۔ قابل افسوس حد تک اب یہ ناول میرے شعور سے باہر جا چکا ہے۔ کسی دوسری تحریر کا اندھیرا، کوئی دوسری تنہائی مجھے اپنی طرف کھینچ رہی ہے۔ میرے ناخن کسی دوسرے بے ہنگم پتھر کی طرف لپک رہے ہیں۔ میرا دل اتنا بڑا نہیں جتنی بڑی یہ دنیا ہے۔ میرا دل بہت چھوٹا ہے۔ دُکھ تو اس میں بالکل نہیں سماتا اور اُداسی کی نیلی قمیص لمبی ہو کر، ایک بار پھر میرے ٹخنوں کو چھونے لگی ہے۔

سب کا بہت بہت شکریہ، میں واپس اپنے اندھیرے، اپنے اکیلے پن کی طرف لوٹ جانے کی اجازت چاہتا ہوں۔ مجھے اجازت دیجیے اور اِن سطروں کے گھٹیا پن اور چھچھورے پن کے لیے معاف کیجیے۔

شرمسار

—خالد جاوید

۹؍مارچ ۲۰۱۲

عرضِ مصنف

اکثر میں صدق دل کے ساتھ خود سے یہ سوال کرتا ہوں کہ میں آخر لکھتا کیوں ہوں؟ لکھنا اور خراشیں ڈالنا تقریباً ایک جیسی باتیں ہیں۔ سنسکرت کی 'ऋ' دھاتو پر غور کریں تو بات اور صاف ہو جاتی ہے۔ پتھر پر خراشیں ڈالنا، اُسے اُدھیڑنا، رگڑنا اور تکلیف پہنچانا۔ لکھنا یہی سب تو ہے۔ 'ऋ' دھاتو کے مطابق ''لکھنا'' وہ ہے کہ مصنف اور اُس کی تحریر میں کوئی دوئی یا دوری نہ باقی رہے 'ऋ' آگ کے جلنے کی آواز ہے جو لکھنے کی تمام آلائشوں کو جلا کر راکھ کر دیتی ہے۔ اِس لیے مجھے اپنے جرم کا احساس ہے۔ میں جو لکھتا ہوں وہ پتھر پر خراشیں ڈالنے کے برابر ہے۔ مجھے نہیں معلوم کہ پتھر کو واقعتاً کوئی تکلیف پہنچتی ہے یا نہیں، مگر میرے ناخن تو اُکھڑ اُکھڑ جاتے ہیں۔ لکھنا ایک تکلیف دہ عمل کا نام ہے۔ لکھ کر آپ دوسروں کو ایذا پہنچاتے ہیں اور خود آپ کے اندر بھی ایک گہرا زخم اُگ آتا ہے۔ میں نے بارہا ایمانداری کے ساتھ یہ سوچا ہے کہ مجھے لکھنا بند کر دینا چاہیے، مگر میری بدمذاقیوں کے یہ سلسلے ختم ہی نہیں ہو پاتے۔ کسی آسیب کے زیرِ سایہ میرے ناخن بار بار پتھر پر لکیریں ڈالنے کے لیے لپکتے رہتے ہیں۔ چنانچہ میرے قاری کو یہ آزادی حاصل ہے کہ وہ جب چاہے، یا جہاں سے چاہے اِس کتاب کو پڑھنا بند کر سکتا ہے یا اسے کھول کر ہی نہ دیکھے

اور اِسے نالے میں ڈال کر بہا دے۔ میرے دل کو اُس کے اِس آزادانہ عمل سے کسی قسم کا افسوس ہونے یا اس میں کدورت پیدا ہونے کا کوئی اندیشہ نہیں ہے۔

میں جناب شمس الرحمن فاروقی صاحب کا شکر گزار ہوں کہ انھوں نے باوجود اپنی مصروفیت اور علالت کے میرے ناول میں نہ صرف غیر معمولی دلچسپی لی بلکہ جگہ جگہ املا اور زبان کی غلطیاں ٹھیک کرنے کے ساتھ ساتھ ناول کی نوک پلک درست کرنے میں بھی مجھے اپنا حد درجہ تعاون بخشا۔

— خالد جاوید

مقدمہ

یہ متن مجھے ایک قلمی نسخے کی شکل میں آج سے ٹھیک تین سال قبل دریافت ہوا تھا جب میں اپنی تحقیقات کے دوران گرگٹہ تل ماس کے اُن کھنڈرات میں بھٹک رہا تھا جن کے بارے میں اَب یہ بات پایۂ ثبوت کو پہنچ چکی ہے کہ وہ ایک پاگل خانے کے کھنڈرات ہیں۔ آثارِقدیمہ کے بین الاقوامی ادارے نے چھ افراد کی ٹیم کو مشرقِ بعید کے اُس خطّے میں روانہ کیا تھا جہاں تقریباً دوسو سال پہلے 'گرگٹہ تل ماس' نام کا ایک چھوٹا سا شہر آباد تھا اور ایک پاگل خانے، گرگٹوں کی بہتات اور تل کی کھیتی کے لیے مشہور تھا۔ مرکزی سرکار کی طرف سے ایک ہائیڈروالیکٹرک ڈیم بنوانے کی غرض سے اِس شہر کو غرق آب کردیا گیا تھا۔ غرق آب کرنے سے پہلے اس شہر کی ساری آبادی کو دوسری جگہ بسایا گیا تھا۔ مگر اِدھر چند برسوں سے کائنات کا ماحولیاتی توازن بگڑ جانے کے سبب اس خطّے کی ساری ندیاں سوکھ گئیں یا اُنھوں نے اپنا راستہ بدل لیا۔ پہاڑ، میدانی علاقوں میں بدل گئے۔ وہ بجلی گھر ایک عضوِ معطّل بن کر رہ گیا۔ اُسے مسمار کردیا گیا اور اُس کے بعد نیچے سے یہ ڈوبا ہوا شہر کھنڈرات اور ملبے کی شکل میں دوسو سال بعد دوبارہ اُبھر آیا۔ بہرحال ان سب باتوں سے قطع نظر، یہ مخطوطہ مجھے اُنھیں کھنڈرات میں ایک جگہ ایک ٹوٹے ہوئے پتھر کے اندر رکھا ہوا ملا۔ یہ کالی جلد والا ایک مجلّد نسخہ تھا جو پتھر پر جمی ہوئی کائی اور اُس کی درار میں اُگے ہوئے خودرو جھاڑ جھنکار اور کچھ جڑوں کے بیچ پھنسا ہوا تھا۔ یہ پتھر یقیناً اُسی پاگل خانے کی دیوار کا تھا۔ حیرت کی بات صرف اتنی ہے کہ دوسو سال تک پانی میں ڈوبی رہنے کے باوجود اس کتاب کو کوئی نقصان نہیں پہنچا تھا۔ کوئی ورق گلا ہوا نہ تھا، جلد بھی صحیح وسالم تھی۔ نہ

جانے کیسے پانی نے اس پر کوئی اثر ہی نہیں کیا تھا۔ مجھے چونکہ قلمی نسخوں اور مخطوطات وغیرہ سے دلچسپی ہے اس لیے میں نے اسے پتھر کی درار کے اندر سے نکال کر اور جھاڑ پونچھ کر اپنے پاس حفاظت سے رکھ لیا۔ یہ نسخہ ایک عجیب وغریب زبان میں لکھا ہوا تھا، جس کا ایک ایک حرف میرے لیے انجان اور مکمل طور پر نا قابل فہم تھا۔

دس دن تک گرگٹہ تل ماس میں ٹھہرنے کے بعد ہماری ٹیم اپنا کام مکمل کر کے واپس آ گئی اور اس نے ادارے کو اپنی رپورٹ پیش کر دی جس کی رُو سے اب اُن دو ملٹی نیشنل کمپنیوں کو اُس زمین پر دنیا کا سب سے بڑا اسٹیل یونٹ قائم کرنے کی اجازت مل سکتی تھی کیونکہ گرگٹہ تل ماس میں ہمیں ایسی کوئی شے یا ملبے میں دبی ہوئی عمارت نہیں ملی جو آثارِ قدیمہ کے اعتبار سے کسی اہمیت کی حامل ہو۔ جہاں تک پاگل خانے کے کھنڈرات کا سوال ہے، تو اُس کی بھلا کیا تاریخی اہمیت ہو سکتی تھی؟

مگر میری توجہ اُس کتاب سے نہ ہٹ سکی۔ میں نے جب اُس زبان اور رسم الخط کے بارے میں چھان بین کی تو صرف اتنا معلوم ہو سکا کہ یہ زبان دو سو تین سو سال پہلے تک اس علاقے اور قرب و جوار میں لکھی پڑھی اور بولی جاتی تھی، لیکن اب ساری دنیا میں ڈھونڈنے سے شاید ہی کوئی اِس زبان کو سمجھنے والا مل سکے۔ دنیا کی کوئی لائبریری ایسی نہیں ہے جہاں اِس زبان میں لکھی ہوئی کوئی کتاب آسانی سے دستیاب ہو سکے۔ انٹرنیٹ سے بھی اِس زبان کے ادیبوں کے بارے میں تفصیلات کو نہ جانے کب کا ہٹایا جا چکا ہے اور Digital Form میں بھی کچھ محفوظ نہیں کیا گیا ہے۔ اس زبان کے مٹ جانے کی وجوہات پوری طرح روشن نہیں ہیں۔ کچھ ملکی سیاست، کچھ زبان کی اپنی قسمت اور کچھ اس زبان کو لکھنے پڑھنے والی قوم کی بے حسی یا مادّہ پرستی اس کے مٹ جانے کے اسباب ہو سکتے ہیں، مگر سر دست یہاں اس تفصیل میں جانے کا موقع نہیں ہے۔

آخر کار میں نے اس متن کو اپنے دوست ژاں ہیوگو کو بھجوایا جس کا شجرۂ نسب مشہور محقق اور مستشرق گارساں ژاتاتی سے جا کر ملتا ہے، میں نے ہیوگو کے منھ سے اکثر گارساں ژاتاتی کا نام سنا تھا اور یہ بھی کہ اُس نے چند مشرقی زبانوں کو سیکھا تھا اور اُن کے مطالعات کے میدان میں اس نے بعض اہم تحقیقی کام انجام دیے تھے۔

تقریباً ایک سال تک مجھے ہیوگو کی طرف سے کوئی جواب موصول نہیں ہوا۔ میں بھی اِس نسخے کو تقریباً بھول ہی گیا تھا کہ ایک دن اُس کا خط ملا جس میں یہ اطلاع تھی کہ وہ اس متن کو تقریباً پورے کا پورا پڑھنے میں کامیاب ہو گیا ہے۔ اس کے کمپیوٹر میں اس رسم الخط کی چند پروگرام فائلیں موجود تھیں جو اُس نے بڑی مشکل سے دریافت کیں۔ ہیوگو نے مجھے اس نسخے کا مشینی ترجمہ کر کے ارسال کر دیا۔

یہ وہی ترجمہ ہے جسے میں آپ کی خدمت میں پیش کرنے کی جرأت کر رہا ہوں۔ نسخے پر کسی مصنف کا نام نہیں ہے، نہ کچھ پتہ چلتا ہے کہ یہ کس نے لکھا ہوگا۔ میں نے اپنی طرف سے اس متن میں نہ کچھ اضافہ کیا ہے اور نہ ہی کچھ حذف کیا ہے۔ مگر متن میں جگہ جگہ بغیر کسی ربط کے بہت سے پیراگراف تکرار کی شکل میں تھے، جیسے مصنف یہ بھول جاتا ہو کہ وہ انھیں من وعن اسی طرح پہلے بھی لکھ چکا تھا۔ لہٰذا میں نے تحقیق کے اُصولوں کی پیروی کرتے ہوئے ان مکررات کو شامل نہیں کیا ہے۔ اس کے علاوہ، املا اور تذکیر و تانیث کی غلطیاں بھی اس متن میں بہت ہیں، مگر نہ تو ہیوگو نے اپنے ترجمہ میں انھیں ٹھیک کرنا مناسب سمجھا اور نہ ہی میں نے، کیونکہ ممکن ہے کہ اس زمانے کی قواعد کی رو سے یہ درست ہوں۔ دوسری اہم بات یہ ہے کہ کتاب کے آخری ورق سادہ ہیں۔ ان پر کچھ بھی تحریر نہیں ہے، مگر اُن پر باقاعدگی کے ساتھ نمبروں کا اندراج کیا گیا ہے۔ یعنی مصنف نے جان بوجھ کر اُنھیں سادہ ہی رہنے دیا ہے، مگر کتاب کے ختم ہو جانے کے باوجود اس کے اختتام کا کوئی واضح نشان نہیں ملتا ،اس لیے میں نے بھی محققانہ دیانت داری سے کام لیتے ہوئے ان اوراق کو اسی طرح شامل کر لیا ہے جیسے کہ وہ اصل نسخے میں جاتے ہیں۔ مخطوطے میں کچھ اسکیچ یا اشکال بھی تھیں، وہ بھی جوں کی توں شامل کر لی گئی ہیں۔

اب میں اس کتاب کو اُس زبان میں شائع کر رہا ہوں جس سے آج دنیا کا ہر شخص واقف ہے۔ اس کتاب کو شائع کرنے کا مقصد صرف یہ ہے کہ اس کو پڑھ کر شاید کسی کو اُس زمانے کے انسانوں کے جذباتی، انفرادی یا اجتماعی مسائل اور اُن کے دُکھ سکھ کا کوئی سراغ حاصل ہو سکے، ورنہ یہ کتاب نہ تو گرگٹہ تل ماس کی کسی تاریخی جہت پر روشنی ڈالتی ہے اور نہ ہی ادبی نقطۂ نظر سے یہ کوئی قابل ذکر کتاب قرار دی جاسکتی ہے۔ زیادہ سے زیادہ اسے Dutch Writing کے زمرے میں رکھا جاسکتا ہے، جو

نشے کے زیر اثر لکھی جانے والی کسی تحریر کو کہتے ہیں۔

میں اپنے دوست ژان ہیوگو کا ممنون ہوں کہ اصل کام تو اس کا ہی ہے اور اُس کی محنت اور مدد کے بغیر آج یہ کتاب منظر عام پر نہیں آسکتی تھی، اگر چہ وہ اس کے شائع کرنے کے خلاف تھا کیونکہ اس کی نظر میں یہ محض ایک کارِ عبث ہے اور اس سے کوئی نتیجہ برآمد ہونے کا امکان نہیں ہے۔

یکم اپریل، 2211

—پروفیسر والٹر شلر
شعبۂ آثارِ قدیمہ
سیوکر گی فرٹ یونیورسٹی،
سیوکر یگ فرٹ

○○○

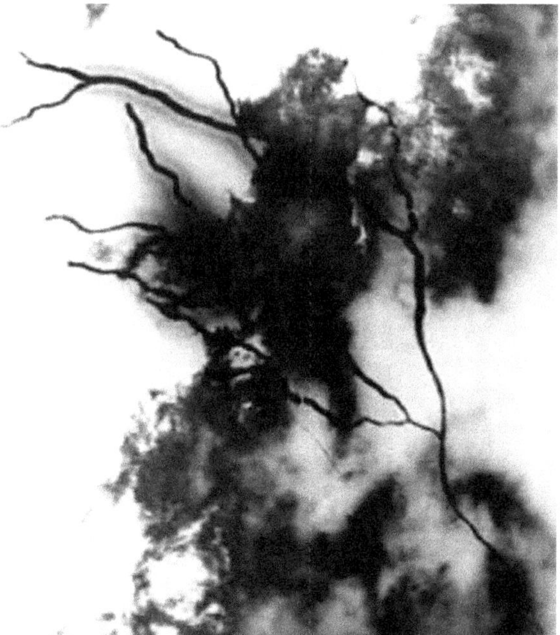

پہلا ورق

ایسی راتیں کم آتی ہیں۔ پندرہ بیس سال میں شاید ایک بار آج کی رات بھی ایسی ہی ہے جب چاند سے زمین کی دوری کم ہو جاتی ہے اور اُس کی چمک میں بھی اضافہ ہو جاتا ہے۔ میں گھبرا کر، یہاں اندر والے کمرے میں اکڑوں بیٹھا ہوا ہوں۔ چاند کی یہ حالت تقریباً چار گھنٹے رہے گی اور یہ وقت دنیا پر بھاری ہوگا۔ تباہ کن طوفان اور زلزلے آنے کے اندیشے اور اِمکانات ہیں۔ تمام گھروں میں سنّاٹا ہے۔ گلی میں بھی کسی کے قدموں کی چاپ نہیں سنائی دیتی۔ سب خوفزدہ ہیں اور اپنی اپنی عبادت میں مشغول ہیں۔ یوں بھی چاند کی روشنی کے مضر اثرات سے کون واقف نہیں۔ گھبراہٹ، خون کا دباؤ بڑھ جانا اور خود کو ہلاک کرنے کی شدید خواہش۔

اُکڑوں بیٹھ کر مجھے ہمیشہ آرام ملتا ہے یا شاید مجھے فرش پر اکڑوں بیٹھنے کی عادت پڑ گئی ہے۔ میرے گھٹنوں کی پیالیاں، میری پنڈلیاں اور ایڑیاں جب سن ہو جاتی ہیں تو زمین کی کشش ثقل اُن سے ہار جاتی ہے اور میں اِس خالی زمین کو ذلیل کرنے کا کوئی موقع ہاتھ سے نہیں جانے دیتا۔

اس اندھیرے کمرے میں، ایک کونے میں میری ماں کا ڈھول رکھا ہوا ہے۔ اکثر میرا جی چاہتا ہے کہ اس ڈھول کو زور زور سے بجانے لگوں، مگر پھر مجھے احساس ہوتا ہے کہ ابھی وہ وقت نہیں آیا۔ آدمی کو کسی بھی آلۂ موسیقی کا استعمال تب ہی کرنا چاہیے جب وہ خود ایک راگ میں تبدیل ہو جائے جو میں نہیں ہوں۔ اس کمرے کی عقبی دیوار میں ایک روشندان ہے جس سے آج کی رات کے خوفناک چاند کا ایک کونہ جھانک رہا ہے۔ روشندان کے فریم پر ایک گرگٹ کی لمبی دُم چپکی ہوئی ہے۔ دیوار کے

پیچھے ایک گلی ہے، اُس گلی کے موڑ پر بائیں طرف ایک دوسری گلی ہے جو آگے جا کر بند ہے۔ وہاں ایک سوکھا کنواں ہے جس میں لوگ کوڑا کرکٹ اور لاوارث کتّے بلّیوں کی لاشوں کو ڈالتے رہتے ہیں۔ یہ لاشیں وہاں سڑتی رہتی ہیں، کیا آج کی رات کا یہ خطرناک اور غصہ ور چاند اِس سوکھے ہوئے کنویں کے مردہ سوتے کو دوبارہ زندہ کرے گا؟ کیا یہ اِس گھورے سے پٹے ہوئے تاریک کنویں کو کسی مدّ و جزر سے آشنا کرے گا؟ مجھے نہیں معلوم میں اس رات اور اِس چاند سے ہرگز نہیں گھبرا رہا ہوں۔ میں یہاں اکیلا نہیں ہوں۔ میرے ساتھ کوئی اور بھی ہے۔ میں دراصل اپنے دل پر چبھتی ہوئی ایک سفید نکیلی ہڈّی سے گھبرا کر یہاں آ بیٹھا ہوں۔ کئی دن سے ایسا ہو رہا ہے، یہ ہڈّی میرے دل کے اندر پیوست ہوئی جاتی ہے اور شام سے لے کر آدھی رات تک میں اِسی طرح اس مکان میں جگہ جگہ اُکڑوں بیٹھا پھرتا ہوں۔ کبھی اِدھر زینے کی بوسیدہ سیڑھیوں پر، کبھی کچّے آنگن میں اور کبھی اپنے سونے کے کمرے میں۔

اس کمرے کے باہر، برآمدے میں میرا باپ چین سے خرّاٹے لیتے ہوئے سو رہا ہے۔ اور دوسری طرف برابر والے کمرے میں، میری بیوی ابھی بستر پر کروٹیں بدل رہی ہوگی۔ مگر میں یہاں اکیلا نہیں ہوں۔ میرے ساتھ کوئی اور بھی ہے، ازل سے ہی میرے پیچھے لگا ہوا۔ میرے ساتھ کون ہے؟ خودکشی ـــــ؟ ہاں یقیناً وہی ہے۔

خودکشی لگاتار میرا پیچھا کر رہی ہے، وہ ہمیشہ سے میرے ساتھ ہے، جب سے میں نے ہوش سنبھالا ہے، (میں نے ہوش کب سے سنبھالا ہے؟) اسے اپنے ساتھ ہی دیکھا ہے، مگر میں نے شاید غلط کہا کہ خودکشی میرا پیچھا کر رہی ہے۔ مجھے کہنا چاہیے کہ وہ تو میرے ساتھ ہی پیدا ہوئی تھی۔ میری ہم زاد اور میری ازلی رفیق۔ مجھے یہ بھی قبول کر لینے میں کوئی تامل نہ ہونا چاہیے کہ وہ میرے ساتھ ہی پیدا ہوئی تھی مگر مجھ سے زیادہ حسین ہے۔ یہ ایسی کوئی خاص بات بھی نہیں ہے کیونکہ ہر انسان کی خودکشی بہرحال اُس انسان سے تو زیادہ بہتر ہوتی ہی ہے۔ ایک نادر خیال، ایک عمدہ تصور، ہمیشہ چھوٹی آنت یا بڑی آنت سے افضل ہی ہوتا ہے اور انسان چھوٹی آنت یا بڑی آنت کے سوا اور کیا ہے اور اگر وہ ان مکروہات سے الگ کوئی شے ہے تو مجھے اس کا علم نہیں۔

میں خودکشی کو اکثر اپنے سامنے بیٹھی مسکراتی ہوئی بھی دیکھتا ہوں۔ یہ بڑی مہربان مسکراہٹ ہے، شاذ و نادر ہی کبھی اس مسکراہٹ میں طنز پیدا ہوتا ہے، وہ بھی تب جب میری بے غیرتیاں اور حماقتیں خود میرے لیے بھی ناقابل برداشت ہو جاتی ہیں، ورنہ خودکشی کی اس مسکراہٹ کی ڈھلان اور اس کے کونے ہمیشہ ٹھنڈے اور صاف و شفاف پانی کی ایک جھیل پر جھکے رہتے ہیں۔ وہ جھیل قدرتی نہیں ہے، اسے تو خودکشی نے ہی بڑے بڑے اونچے پہاڑوں کو توڑ کر اور بھاری پتھروں کا ملبہ خود اپنے ہی جفاکش ہنرمند اور بیباک ہاتھوں سے اُٹھا کر تشکیل کیا ہے۔

مگر میری تمام بے شرمیوں اور طوطا چشمیوں میں یہ بھی شامل ہے کہ میں خودکشی کو ہمیشہ نظر انداز ہی کرتا آیا ہوں، اُس کے حصے کی توجہ میں نے آج تک اُسے نہیں دی ہے اور اُس کی خوبصورت جھیل کی طرف بھی زیادہ تر تو میں نے حقارت اور بے مروّتی کے ساتھ ہی چہل قدمی کی ہے۔

یوں تو دنیا میں مجھ پر بڑے برے وقت آئے ہیں، عجیب قسم کی ذلتوں سے سامنا کرنا پڑا ہے، مگر میں سب بے شرمی کے ساتھ ایک چکنا گھڑا بن کر جھیل گیا، دنیا جگہ ہی ایسی ہے، یہ بالکل خالی ہے۔ تمام امکانات سے خالی، اس میں کچھ بھی نہیں ہے۔ مجھے اس امر کا شدت کے ساتھ احساس ہوتا ہے کہ میں اپنی مرضی سے تو یہاں نہیں آیا تھا۔ میں تو اس طرح دنیا میں انڈیل دیا گیا تھا جیسے ایک مٹّی کے بدرنگ لوٹے سے پانی۔ اور اب یہاں لگاتار گدلا ہوتا جا رہا تھا۔ گدلے اور میلے ہوتے جانے کے علاوہ میرے بس میں کچھ بھی نہ تھا۔ آلودگی جسم سے ماٹی میں رل گیا، کسی کا مصرع ہے۔ یا شاید میرا ہی ہو کیونکہ ایسی اوٹ پٹانگ باتیں مجھ سوا کسے سوجھتی ہوں گی۔

یہ جو دنیا کے بارے میں اتنی من گڑھت کہانیاں سنائی جاتی رہتی ہیں، ان کی حقیقت کچھ بھی نہیں۔ یہاں موجود انسانوں کی بھیڑ، ان کا جمّ غفیر، رشتے، طبقاتی کشمکش، سماجی ناانصافیاں، جنگ و جدل، محبتیں، نفرتیں، دہشت گردیاں، سیاسی اور معاشی بے ہمواریاں اور نہ جانے کیا کیا الّم غلّم، یہ سب ازل سے ویران کرۂ ارض پر کسی دوسرے سیارے کے انسانوں کے دیکھے گئے خواب ہیں، یہ اس دنیا میں لٹکتی ہوئی اُلٹی تصویریں ہیں۔ ہزاروں سال سے اس دنیا کو بہتر بنانے کے لیے بڑی سنجیدگی اور جوش کے ساتھ جو کوششیں کی جا رہی ہیں، اُن کی حقیقت ہواؤں میں جھولتی تصویروں پر خنجر

بازی کے ایک شوقِ رائیگاں کے سوا کچھ بھی نہیں۔۔۔ یہ سب مجھے ایسے ہی نہیں معلوم ہو گیا ہے، مگر میں کوئی صوفی، ولی یا درویش بھی نہیں ہوں۔ سچ تو یہ ہے کہ میں ایک بہت ہی غلیظ اور کینہ پرور قسم کا بزدل آدمی ہوں اور دنیا کے بارے میں علم وعرفان یا آگہی کے لیے میرے پاس کوئی جنگل، غار، چیتے کی کھال یا کوئی اسمِ اعظم ہونے کا سوال ہی نہیں پیدا ہوتا۔

یہ آگہی تو دراصل مجھے ایک ٹھنڈے پسینے نے دی ہے۔ یہ ٹھنڈا پسینہ میرے جسم کی لامحدود اور ناقابلِ یقین گہرائیوں سے آتا ہے۔ جسم کے مساموں میں پھیلی ہوئی اندھیری، باریک اور ریشے دار سرنگوں سے۔

وہ اس طرح آتا ہے کہ مجھے محسوس ہوتا ہے جیسے میرا وجود اپنے تمام پوشیدہ ممکنات کے ساتھ کھال اور ہڈیوں کو توڑتا ہوا باہر آرہا ہے۔ یہ ایک قسم کی ہلاکت خیزی ہے، اس پسینے میں ایک خاص بو شامل ہوتی ہے، کچھ کچھ خون کی بو سے ملتی جلتی۔ اس ٹھنڈے پسینے کا کوئی وقت، کوئی موسم اور کوئی دن مقرر نہیں۔ یہ کڑکڑاتے جاڑے، برسات اور حبس زدہ گرمی، کسی بھی موسم میں اچانک آجاتا ہے۔ سخت سردی میں یونہی کھڑے کھڑے یہ محسوس ہوتا ہے، جیسے کوئی تیز گرم لو کا جھونکا آیا تھا جو سینے، بازو یا کندھے کو چھوتا ہوا گزر گیا۔ تب سوئیٹر کے نیچے، بہت نیچے کہیں اس ٹھنڈے پسینے کی موہوم آہٹ سنائی دیتی ہے۔ پسینہ کہیں سے آرہا تھا مگر اچانک سردی کی بھول بھلیوں میں وہ اپنا راستہ بھول گیا۔ میں سیدھا ہاتھ سوئیٹر کے نیچے بنیان کے اندر ڈالتا ہوں۔ خاص دل کے پاس، بائیں طرف، اپنا افسردہ پسینہ پکڑنے کی کوشش کرتا ہوں۔ وہ نہیں ملتا بس اُس کا پھیکا رنگ ہی میری اُنگلی پر چپک جاتا ہے، تتلی کے کسی نادیدہ رنگ جیسا۔

مجھے ہمیشہ اس کے آنے کا علم کچھ پہلے سے ہو جاتا ہے، جس طرح زمین کے اندر رہنے والے تمام حشرات الارض کو زلزلے کا علم پہلے ہی سے ہو جاتا ہے۔ وہ ہلکا سا چکر جو بھیانک حبس میں بھی مجھے کچھ نادیدہ ہواؤں کے کالے جھکڑوں میں ساری زمین پر ایک ویران بگولے کی مانند نچا کر رکھ دیتا ہے۔ اُس وقت دل کی دھڑکن اور نبض اتنے بڑھ جاتے ہیں جیسے وہ دنیا کی سنسان دیواروں پر لگی تمام گھڑیوں سے ایک عظیم انسانی دوڑ کا مقابلہ کر رہے ہوں۔

میں ایک بھیانک بے چینی اور گھبراہٹ سے دوچار ہوتا ہوں، پہلے دل پر ایک آنچ سی آتی محسوس ہوتی ہے۔ بائیں کندھے پر ایک افسردہ سی تپش کا احساس ہوتا ہے۔ پھر سب سے پہلے پاؤں ٹھنڈے ہونے لگتے ہیں، میں برف پر چلنے لگتا ہوں۔ اُس کے بعد ہاتھ سن ہوتے ہیں، میرا دل اور میرے ہاتھ پیر ایک پراسرار کپکپی کی زد میں آجاتے ہیں۔ میں خود کو ہڈیوں اور گوشت کا نہیں بلکہ برف کا بنا ہوا آدمی تصور کرتا ہوں۔ محض ایک واہمہ، ایک مفروضہ۔

ٹھیک اُسی وقت دنیا کی ہوائی دیواروں پر جھولتی یہ اُلٹی تصویریں واپس اپنے اپنے خوابوں کے اندھیرے میں سست روی سے چلتی پھرتی پر چھائیاں بن جاتی ہیں۔ مجھے یقین ہونے لگتا ہے کہ میں مرنے والا ہوں، اپنے پہلو بدلنے کی اور زمین پر اپنا پیر اُٹھا کر رکھنے کی آواز مجھے میلوں دور سے آتی ہوئی محسوس ہوتی ہے۔

مگر تب، ناقابلِ یقین طور پر مجھے یہ آگہی ہوتی ہے کہ 'دنیا' یہ کم بخت دنیا، مایوس کن حد تک ایک خالی جگہ ہے۔ دنیا کے اس قابلِ رحم خالی پن پر رونے کے لیے میری آنکھ آنسو تلاش کرتی ہے، جو اُسے نہیں ملتا۔ آنکھ قدِ آدم آنسو کو اپنی پتلیوں میں سما لینے سے معذور ہے۔ میری آنکھیں پھٹی پھٹی سی صرف خلا میں تاکتی ہیں۔ خالی الذہن کے ساتھ وہ کھلی رہتی ہیں مگر سوتی ہیں۔

تب وہ پھدک کر آتی ہے اور اپنے نرم ملائم پنجوں کے ساتھ میرے سینے پر بیٹھ جاتی ہے۔ وہ ــــ یعنی میری خودکشی جسے میں بھولتے رہنے کی کوشش کرتا رہا ہوں۔ یہ خودکشی ہی میرے جسم سے پھوٹتے ہوئے خون کی بو والے اس پراسرار پسینے کو پونچھتی ہے۔ جسم کے اندر لڑھکنے والی چٹانیں رُک جاتی ہیں۔ زلزلہ تھم جاتا ہے۔ دنیا واپس اپنے بے شمار گرے ہوئے نقلی چہروں کو فرش پر سے اُٹھاتی ہے اور ٹھوس روپ میں آکر سامنے کھڑی ہو جاتی ہے۔ میں ایک اطمینان کی سانس لیتا ہوں۔ مجھے ایک تدبیر اور ایک ہتھیار حاصل ہونے سے سکونِ قلب ملتا ہے، بھلے ہی اس ہتھیار کا استعمال میں کسی اور دن کے لیے ٹال دیتا ہوں۔

مگر مجھے یہ بھی معلوم ہے کہ وہ پسینہ پھر آئے گا۔ ایک آسیب کی مانند وہ پھر میرے جسم پر سوار ہوگا۔ کبھی بھی، غیر متوقع طور پر، سڑک پر چلتے چلتے یا منھ کا نوالہ چباتے چباتے، پتہ نہیں، کب میری

کنپٹیوں میں ہلکی سی نہ سمجھ میں آنے والی گرمی کا احساس ہو اور میں خالی الذہن ہو کر رہ جاؤں۔ اپنے چکراتے ہوئے سر اور ڈگمگاتے ہوئے پیروں کے ساتھ کسی درخت یا دیوار کا سہارا لوں، اور دنیا کا تمام شور اور ہنگامہ میرے کانوں میں دور سے آتی ہوئی نہ سمجھ میں آنے والی آواز میں بتدیل ہو جائے۔ اُس ٹھنڈے پسینے کا استقبال کرنے کے لیے مجھے اس طرح سے تیار تو ہونا ہی پڑتا ہے۔ ان لمحات میں خودکشی میرے وفادار اور جانباز محافظ کی مانند میری بغل میں کھڑی رہتی ہے۔

OOO

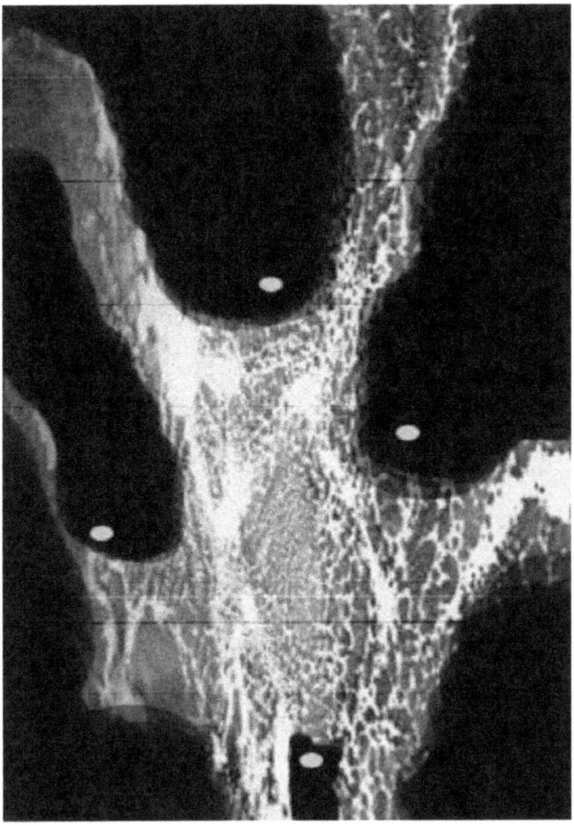

دوسرا ورق

اُس شام کی ہوا بہت اچھی تھی۔ میرے اس چھوٹے سے شہر میں غروبِ آفتاب کے بعد ہی ایسی ہوائیں چلنی شروع ہوتی ہیں جو جسم اور درختوں کو لگتی ہیں۔ دن میں تو یہ صرف الگنی پر لٹکے ہوئے کپڑوں کو ہی ہلاتی ڈلاتی رہتی ہیں۔

میں اس کے پاس بیٹھا اُس کے نیلے دوپٹے کو آہستہ آہستہ سینے پر سے پھسلتا ہوا دیکھ رہا تھا۔ کھڑکی سے آسمان کا ایک کالا کونا نظر آ رہا تھا۔ شاید وہاں بادل کا کوئی ٹکڑا تھا، میز پر کھانا رکھا تھا۔ وہ مجھے اپنے ہاتھ کا پکایا ہوا کھانا کھلانے پر بضد تھی۔ بلّوریں پیالے میں جھلملاتا ہوا سنہرا شوربہ، اُس میں تیرتی ہوئی ایک بڑی سی سفید ہڈّی۔ اُس نے ''لو، کھاؤ'' کہتے ہوئے اپنے دونوں ہاتھوں سے تھام کر پیالہ میری طرف بڑھایا۔ اس کے ہاتھوں کا رنگ شوربے سے ملتا جلتا تھا۔ کہنیوں تک اُس کے ہاتھ زرد زرد سے ہیں۔ ہلدی مائل، بازوؤں میں سانولا پن ہے، اُس کا چہرہ کافی چوڑا اور کچھ مردانہ وجاہت کے عنصر بھی اُس میں شامل ہیں۔ آنکھیں بہت زیادہ بڑی ہیں۔ اتنی بڑی کہ مجھے دنیا کی طرح خالی نظر آتی ہیں۔

میں نے اس کے جسم کے مزے کے لیے اپنے پیر کا استعمال کیا۔ وہ چاکلیٹ جیسا مزہ تھا۔ مٹھاس کے ساتھ کچھ تلخی آمیز سا۔ کسی مچھلی کی طرح اُس سے کھال رگڑنے پر مجھے معلوم ہوا کہ اس کی چھاتیوں کا مزہ کیسا ہے۔ میں نے کوئی کام سیدھا نہیں کیا۔ کتوں اور سانپوں کی زبان میں ذائقے کے خلیے نہیں ہوتے۔ میں کتّا تھا یا سانپ، مجھے کسی ذائقے کی فوراً ہی تمیز نہیں ہوتی تھی۔ میں صرف بدنیتی

کے ایک پوکھر میں اُچھلتا کودتا یا رینگتا پھر رہا تھا۔

''لو، کھاؤ'' کہتے ہوئے جب اس نے مجھے اپنی بڑی بڑی خالی آنکھوں سے میری طرف دیکھا تو اچانک مجھے محسوس ہوا کہ وہ آ رہا ہے۔ میرے کان کی لویں گرم ہونے لگیں۔ ہاتھ پیروں میں سنسنی پھیلی، باہر چلنے والی ہوا رُک گئی۔ کھڑکی سے نظر آتا ہوا آسمان کا گوشہ اپنی ہی تاریکی میں غائب ہو گیا۔ اور بلّوریں پیالے میں ہلکورے لیتے ہوئے سنہرے شوربے پر تیرگی چھا گئی۔ میں سمجھ گیا کہ اب مجھے چکّر آنے والا ہے۔ میں نے گھبراہٹ میں کرسی کے دونوں ہتھوں کو مضبوطی سے پکڑ لیا۔ میں نے اپنے جوتے کھردرے فرش پر سختی سے جمائے۔ ایک جان لیوا بے چینی کا شکار ہوتے ہوئے، مگر مسکراتے ہوئے میں نے اُس کی آنکھوں کو غور سے دیکھا۔ اُن خالی آنکھوں میں نہ جانے کہاں سے، دو سفید نوک دار ہڈیاں آ کر بیٹھ گئیں تھیں۔

وہ ان ہڈیوں کو احتیاط کے ساتھ، اپنی آنکھوں میں سنبھالے سنبھالے اُٹھی اور وہاں سے باہر چلی گئی۔ مجھے لگا جیسے وہ کوئی چھوٹی سی پتلی ندی تھی، جو اچانک بل کھاتی ہوئی اپنے ہی کناروں سے بلند ہوتے کہرے اور دھند میں کہیں غائب ہو جاتی ہے۔

میرے سارے بدن پر ٹھنڈا پسینہ آ کر رینگنے لگا۔ میں نے اپنی قمیص کے اندر ناک جھکائی اور سونگھا۔ وہی پرانی خون کی بو تھی۔ ساری دنیا ایک دم پھر سے اُجاڑ، ویران اور خالی ہو گئی۔

○○○

تیسرا ورق

میں اُس کے گھر سے ہمیشہ کسی کتّے کی طرح باہر نکلتا۔ دُم دبائے اور اپنے منھ میں اُس کے میلے نیلے دوپٹّے کی ایک دھجّی کو محسوس کرتے ہوئے جسے میں کبھی زمین پر نہ گرنے دیتا۔ اگر کبھی غلطی سے وہ میرے منھ سے پھسل کر، زمین پر خاک یا کیچڑ میں پل بھر کو گر بھی جاتی تو دوبارہ میرے تنفّس کے باعث فوراً ہی میری تھوتھنی پر چپک جاتی۔ ہر سانس اندر، پھر باہر، پھر اندر، پھر باہر۔ محبت زمین پر گرتی ہے، پھر اُٹھتی ہے۔ صرف کتّے کی طرح چار ہاتھ پیر پر چلنے سے ہی میں ان مردہ نقابوں کو تاعمر سنبھال سکتا تھا۔ محبت کی ماہیت ہی ایسی ہے۔ محبت ایک کائی لگے ہوئے تالاب کی کھر پتوار میں اُلجھ کر رہ گئی ہے۔ محبت مٹی تو نہیں ہے مگر ایک داخلی غلط فہمی کا شکار ہو گئی ہے۔ محبت ہمیشہ مغالطوں میں پھنسی رہتی ہے۔ اُسے کبھی یہ پتہ ہی نہیں رہتا کہ اُسے جانا کس سمت میں ہے۔ محبت کی لکیریں ہمیشہ بھنور بناتی ہیں۔ نفرت اور ہوس بہتر ہیں کہ یہ دونوں بہر حال کبھی وہم اور مغالطوں کا شکار نہیں ہوتے۔ ان کے کھیل، ان کے اصول اور اُن کے قواعد واضح اور شفاف ہیں۔ وہ ٹھوس طریقے سے اپنے ضابطے، اپنے حقوق اور فرائض پہچانتے ہیں اور دوٹوک انداز میں انھیں جاری بھی کرتے ہیں۔ بس محبت ہی ہے جو ہمیشہ شکوک میں گرفتار رہتی ہے اور خوف سے بھیگی بھیگی بھی۔

اس لیے اس مایوسی اور واہیات زمین پر یہ صرف تمھارا تنفس ہی تو ہے اور تمھارے پھیپھڑے ہی تو ہیں جو نہ صرف جیے جانے کا جواز پیش کرتے ہیں بلکہ دنیا کی بے شرمی کا مقابلہ ایک زیادہ بڑی بے شرمی کے ساتھ کرتے ہیں۔

مگر اُس شام میں اس کے گھر سے دو پیروں پر چلتے ہوئے ایک ذلیل سوّر کی مانند باہر نکلا۔ میں نے اُس کی آنکھوں میں دو سفید نکیلی ہڈیاں صاف دیکھ لی تھیں، اور یہ بھی کہ پسینے سے بھیگے اپنے سینے کے بائیں طرف، ٹھیک میرا دل ہی ان ہڈیوں کی زد پر تھا۔ ان ہڈّیوں سے اپنے دل کو بچانا مشکل تھا۔ خوف کے مارے، اُن سے بچنے کے لیے میں نے اپنی طوطا چشم آنکھوں پر سوّر کے دو تین بال لگا لیے جو اِن مواقع کے لیے اکثر میری جیب میں پڑے رہتے ہیں۔

میں تاریک گلیوں میں دیواروں کا سہارا لے کر چلا۔ میرے پاؤں ڈگمگا رہے تھے۔ اپنا وجود مجھے اپنی ہی پیٹھ پر جیسے کسی گڑی ہوئی کیل سے ٹنگا ہوا محسوس ہوتا ہے۔ وہ ہلتا ہے اور ہوا میں آہستہ آہستہ کانپتا ہے۔ دُکھ کی ایک میلی نیلی قمیص کی طرح جس کی جیب میں محبت کی خاطر، چرایا ہوا میٹھا بسکٹ چورا چورا ہو گیا ہو۔ مجھے یہ بسکٹ کسے کھلانا تھا؟

مجھے اس رشتے کی کڑواہٹ کا احساس بعد میں ہوا، جس طرح زبان کے آخری حصے پر پہنچ کر ہی کڑوی چیز کا احساس ہوتا ہے۔ اس بسکٹ کی معمولی اور بے ضرر مٹھاس محبت کے کڑوے پن کو ختم نہیں کر سکتی تھی۔

اپنے پسینے میں جھومتا ہوا میں آگہی کے گہرے سمندر میں ڈوبنے لگا۔ میری ہم زاد خودکشی نے آہستہ سے میرے کان میں سرگوشی کی۔ وہ بڑے بڑے مواقع پر اسی طرح میرے کان میں سرگوشی کرتی ہے۔ جس طرح روما کے شہنشاہوں کے سر پر تاج رکھتے وقت چند خاص غلاموں کے فرائضِ منصبی میں یہ شامل تھا کہ وہ شہنشاہ کے کان میں آہستہ سے یہ کہیں کہ ''یہ سب ہمیشہ نہیں رہے گا۔''

خودکشی نے مجھے اُدھر دور گزرتی ہوئی ریل گاڑی کی اُداس اور دھواں زدہ سیٹی کی طرف متوجہ کیا۔ ''آؤ، ریل سے کٹتے ہیں۔'' میں اُس کی بات مان کر اُس طرف چلنے بھی لگا جہاں سے شہر کی سرحدیں ختم ہو جاتی ہیں اور ایک ریلوے لائن گذرتی ہے۔ میں خود بھی اس اَمر کا قائل ہوں کہ خودکشی کے لیے ریل کی پٹری پر آ کر کھڑے ہو جانے سے بہتر اور کچھ نہیں ہے۔ ندی یا کنویں میں چھلانگ لگانا، بلیڈ یا چاقو کا استعمال کرنا، گلے میں پھندا ڈالنا یا نیند کی گولیاں کھانا خودکشی کی شان اور اُس کی ماہیت کے خلاف باتیں ہیں۔ یہ تو بلکہ ایک طرح کی سفیہانہ حرکتیں ہیں۔ بات دراصل یہ ہے کہ

خودکشی کو بھی سب کچھ ٹکڑے ٹکڑے ہوتے ہوئے دیکھنے سے ہی مسرت ملتی ہے۔ جس طرح خالقِ کائنات کو، کائنات کے ٹکڑے ٹکڑے کرنے سے ہی طمانیت حاصل ہوئی تھی، اور جیسا کہ لوگ کہتے ہیں، ایک دن پھر، وہ اس کائنات کو پرزے پرزے کرکے ہوا میں بکھیر دے گا۔

اور میں تو ذاتی طور پر یہ بھی سوچتا ہوں کہ مسافروں سے بھری ہوئی ریل گاڑی جب انتہائی تیز رفتاری کے ساتھ اپنے سفر کے ساتھ اپنی منزل کی طرف گامزن ہے، اُس وقت آپ کا ٹھہرا ہوا، رکا ہوا، ساکت و جامد جسم ریل کی پٹری پر، اُس تیز رفتار ریل گاڑی سے ٹکراتا ہے، ڈبوں میں بیٹھے یا سوئے ہوئے مسافروں کی رفتار میں باہر سے پھینکے گئے ایک پتھر کی طرح شامل ہوتا ہے۔ اُنھیں بہت پیچھے چھوڑتے ہوئے، ان کے سفر کو بے معنی بناتے ہوئے، ایک ہی لمحے میں اُس منزل تک پہنچ جاتا ہے، جہاں وہ بے چارے نہ جانے کب پہنچیں گے۔

اس لیے ریل کی پٹری پر آکر بیٹھ جانا ایک کارنیوال ہے۔ خودکشی کا ایک جشن، در حالے کہ دوسرے طریقوں میں بس آپ کا اپنا سڑا بسا، اکیلا جسم ہی وہاں رہتا ہے۔ میں خودکشی کے دوسرے تمام طریقوں پر لعنت بھیجتا ہوں۔

مگر افسوس کہ میں اُس راستے پر اور آگے نہیں گیا۔ مجھے وہ پگڈنڈی ہی نظر نہیں آئی جو شہر کے پار ریل کی پٹری تک جاکر ختم ہوتی ہے۔ شاید یہ اس لیے ہوا کہ کچھ تو اُس رات اندھیرا زیادہ تھا اور کچھ میری آنکھوں کو سوّر کے بے غیرت بالوں نے بھی ڈھک رکھا تھا۔

خودکشی کو میرا یہ رویہ عجیب لگا، مگر وہ کچھ بولی نہیں، بس خاموشی کے ساتھ ایک معصوم اور پالتو گلہری بن کر میری پتلون کی جیب میں بیٹھ گئی۔ اُسی دن سے اُسے یہ عادت پڑ گئی ہے، میری جیب سے کبھی کبھی اپنا فرشتوں جیسا منھ باہر نکال کر اس خالی دنیا کو ٹکر ٹکر دیکھتی رہتی ہے۔

ریل کی پٹری سے اپنی پیٹھ کرتے ہوئے، گھر واپس آتے ہوئے میں نے اپنے منھ میں دبی ہوئی نیلے دوپٹے کی کترن کو کمزور اور پتلی محسوس کیا۔ وہ میرے منھ میں گھل رہی تھی۔ ایک زہر کی طرح کیا میرے ہونٹ نیلے پڑ گئے ہیں؟

○○○

چوتھا ورق

یہ سب عجیب معاملہ ہے۔ انسانوں کی موٹی عقل سے بالاتر۔ میری بیوی مجھ سے محبت نہیں کرتی، وہ شاید کسی اور شخص کے ذریعہ خواب دیکھتی ہے، مگر وہ میرے ساتھ خوش ہے اور فی الحال مجھے چھوڑ کر کہیں نہیں جانا چاہتی۔ زرد ہاتھوں والی خالی آنکھیں لیے وہ عورت مجھے دل کی گہرائیوں سے چاہتی ہے، مگر میرے ساتھ سے خوش نہیں ہے۔ وہ مجھ سے تعلق ختم کر لینا چاہتی ہے۔ میں اس معاملے کو یونہی چلنے دینے چاہتا ہوں۔ میں صورت حال میں کوئی تبدیلی نہیں چاہتا۔ میں اپنے گناہوں اور بزدلیوں کو اور طول دینا چاہتا ہوں۔ دنیا میں یہی سب ہے، ایک خالی ڈبّے میں کانچ کی گولیاں ڈال کر گھمانے جیسا، ڈبّے کے اندر کون سی گولی کس سے ٹکرا رہی ہے کیا پتہ۔ گردش کی حالت میں کسی سالمے کا کیا مقام ہے، اس کا علم بھلا آج تک کسی کو ہوا ہے۔

مگر مجھے یہ تو محسوس ہوتا ہے کہ میری بیوی کے کولہوں کی بڑھتی ہوئی چربی اور کھلتی ہوئی رنگت کا سبب میں ہوں اور اُس عورت کے ہاتھوں کی زردی اور خالی آنکھوں کا ذمّہ دار بھی میں ہوں۔ یہ سب میرے گناہ ہیں۔ میں ایک ازلی گناہ گار ہوں۔ میرے گناہوں کی داستان میرے بچپن کی داستان کا ایک ذیلی باب ہے۔ وہ شخص جو اپنے سر پر کبھی بھیانک چوٹ کھا چکا ہو، کبھی بھی وہ کچھ بھی بھول سکتا ہے۔ ذلّت بھی، محبت بھی، نفرت بھی، دین اور دنیا دونوں اُس کے سر کی چوٹ سے متلائے ہوئے دل اور اونگھتی ہوئی آنکھوں سے ہار جاتے ہیں، مگر وہ اپنے گناہ یاد رکھتا ہے۔ چاہے وہ انھیں صواب کی شکل ہی میں کیوں نہ یاد رکھے۔ میں جب اپنے گناہوں کے بارے میں سوچتا ہوں تو مجھے یہ بھی محسوس ہوتا

ہے جیسے میرا بایاں ہاتھ کندھے پر سے اُتر گیا ہو۔ جس کے سبب میری بغل میں کچھ گیلا پن سا محسوس ہوتا ہے۔

میرے ساتھ ایک ستم ظریفی یہ بھی ہے کہ میرے سارے گناہ اُن پھلوں کی طرح تھے جن کی گٹھلیاں ہوتی ہیں۔ ان پھلوں کو کھا کر آپ اُن کی گٹھلیوں کو گن سکتے ہیں۔ وہ پڑی رہتی ہیں، آپ کے سامنے، رکابی میں، اخبار پر یا فرش پر۔ چوسی ہوئی، بدنما اور کریہہ گٹھلیاں جو آپ کے منھ کے تھوک اور رال میں لپٹ کر مضحکہ خیز انداز میں اِدھر سے اُدھر لڑھکتی پھرتی ہیں۔ آخر کیوں میرے حصے میں ایسے محفوظ اور بھرپور گناہ نہ آسکے جو صرف گودے دار پھلوں کی طرح ہوتے؟ مگر ایک فہرست، ایک شماریات کسی آسیب کی مانند میرے پیچھے ہمیشہ لگی رہی۔ ہر شے گنی جا سکتی ہے۔ تیوری کا ایک بل، غصّے سے باندھے گئے جوڑے کا ایک بال اور آنکھ میں اُبھر آئی ہوئی نکیلی سفید ہڈّی، یہ خیال سراسر غلط فہمی پر مبنی ہے کہ گناہ کا محرک ہوس ہوا کرتی ہے۔ میں نے اپنے گناہوں کی گٹھری کو ہی اپنی پاکیزگی سمجھا۔ وہ سارے گناہ، ساری بدفعلیاں اور چوریاں ہی دراصل میری نیکیاں تھیں۔ اُنھیں سے مجھے ایک خاموش اور عظیم ثواب مل سکتا تھا۔ ثواب کا ہر کام چھپ کر کرنا ہے۔ سچی محبت کی طریقت اور شریعت بھی یہی تھی۔ یہی وجہ تھی کہ میں نے گناہ اور محبت دونوں کے بیجوں کو ملا کر ایک مخلوط پودا لگایا جو آگے چل کر ببول کے درخت میں بدل گیا۔ مگر یہ بھی کیا کم ہے کہ ببول کے دِرخت کا بھی اپنا ایک سایہ تو ہوتا ہی ہے۔ بالکل میری پرچھائیں جیسا جس کے بارے میں اب میں اکثر یہ سوچتا رہتا ہوں کہ اس کا رنگ بدل دوں۔ زمین پر پڑی اپنی سیاہ پرچھائیں کو سرخ یا ہرے رنگ سے پوت دوں یا اکڑوں بیٹھ کر اُس پر سفید کھریا کا لیپ کر دوں۔ ہر دن کی، ہر لمحے کی ایک الگ پرچھائیں۔ آخر پرچھائیں لکیروں کا ایک ہیولیٰ ہی تو نہیں ہے۔ وہ لمبی، اونچی، پستہ قد یا گیم شیم ہونے سے نہیں بنتی۔ وہ بنتی ہے اپنے سیاہ رنگ سے، ازل سے چلا آتا ہوا، بے چارے انسان کے جسم سے روشنی میں گرتا، یہ کالا رنگ جس میں اُس کے خدوخال ہی نہیں بہتے بلکہ اُس کی آرزوئیں، اُس کے دُکھ، اُس کے زخم اور اُس کے سر کی چوٹ سب بہتے چلے جاتے ہیں۔ لہٰذا اس رنگ کو بدلتے رہنا چاہیے تاکہ پرچھائیں انسانی روح کے دُکھ اور سکھ کا کوئی سراغ تو دے سکے۔ رنگ کتنے ہی گنوارو ہوں یا تیز اور پھوہڑ، فرق

کیا پڑتا ہے؟ انسان کے دُکھ اِن رنگوں سے کم گنوار و اور پھوہڑ تو نہیں۔ پر چھائیں کے کسی مخصوص رنگ سے ہی یہ اسرار عیاں ہونے کا امکان ہے کہ انسانی گناہ 'پاکیزہ' کیسے ہو گئے تھے؟ کالے رنگ سے تو گناہ اور ثواب کی پہچان ہونے سے رہی۔ اس لیے میں نے اپنی محبت کو اپنے گناہوں کی طرح بزدلی کے ساتھ چھپا کر الگ رکھ دیا تو کیا برا کیا؟ وہ ایک الگ چٹان جس پر پھپھوندی نہیں جمے گی۔ وہ برف کا ایک سفید تودا، ایک عظیم اور پاک وصاف گلیشیئر۔

مگر افسوس کہ کارٹون تو محبت اور نیکیوں کے بھی بنتے ہیں۔ یہ نام نہاد، ذی ہوش دنیا کارٹون کی شکل میں ہی ہر صورت کو پہچانتی ہے۔ محبتیں کارٹون بن کر گناہوں کی صورت میں نظر آتی ہیں، بلکہ اس سے بھی زیادہ ہولناک، اس لیے محبت کو سنبھال کر الگ رکھنا ہوگا۔ ہر کمینی فلش لائٹ سے بچ کر رہنا ہوگا۔

اگر چہ یہ سب بھی، اب ایک کارِ رائیگاں ہی ثابت ہوا، یہ سب بھی تصویروں پر خنجر بازی کے مظاہرے کے سوا اور کیا نکلا۔ اصل مسئلہ تو جسم کا تھا، پرچھائیں جسم کی ہی ہوتی ہے۔ اور گناہ بھی جسم کے۔ وہ ٹھنڈا پسینہ بھی تو میرے جسم پر ہی آتا ہے۔ اور میری تمام کوششوں اور منصوبوں کو ٹھکانے لگا دیتا ہے، میری پتلون کی جیب میں بیٹھی خودکشی بے چین ہو کر میرے کان میں زیرِ لب کہتی ہے، 'چلو ، زہر کھاتے ہیں۔' اور میں اُس کی سرگوشی کو ہمیشہ کی طرح نظر انداز کر دیتا ہوں۔

جسم؟ ہاں جسم، موت سے پہلے کا جسم۔ اصل عبرت تو موت سے پہلے کے جسم کا معائنہ کرنے سے ہی حاصل ہوتی ہے۔ قبر میں اِسے دیکھ کر کیا خاک عبرت ہوگی؟ سڑک پر سڑتے چوہے کس نے نہیں دیکھے؟ میں تو اب بہت سنجیدگی کے ساتھ یہ سوچنے پر مجبور ہوں کہ جسم ایک بھیانک تاریک اور پراسرار بل کے سوا کچھ نہیں۔ آدمی اس میں رہتا ہے، اور اسی لیے اتنا غیر محفوظ ہے۔ سب کچھ اِس کے اندر گم ہو جاتا ہے۔ محبت بھی آخر کار ایک دن جسم کے اسی اندھیرے میں جا کر غائب ہو گی۔ کسی بدنصیب چوہیا کی مانند جو اپنے بل میں بیمار ہو کر پھر کبھی باہر نہ آ سکے۔ بس ایک کھانکڑ، یا مٹھی بھر دھول اور خاک میں بدل کر آفاق کی وسعتوں میں غائب۔

کئی عورتوں کے ساتھ (جن میں میری بیوی اور وہ زرد ہاتھوں والی لڑکی بھی شامل ہے) جنسی

ملاپ کرنے کے بعد مجھے پوری طرح یہ علم ہو گیا کہ جسم تو واقعی ایک قسم کا بلیک ہول تھا۔ محبت ہی کیا، قربانی، ہمدردی، تکلیف اور بیماری سب اُس کے پاس آ کر اُسی کے ہو جاتے ہیں۔ اس کی کشش ثقل سے کوئی نہ جیت سکتا تھا۔ اور روح وہ ــــــ بے چاری روح جس کا محاورہ محبت اور روشنی کے حرف و نحو سے لکھا گیا تھا، وہ تو جسم کے اندر ایک نظر انداز کر دیے جانے والے کرایہ دار کی مانند ہکلا ہکلا کر اپنے حصّے کی توجہ ہی طلب کرتی رہ گئی۔ پھر باقی کیا رہ جاتا تھا؟

باقی رہ جاتے تھے گلے شکوے، نہ پوری ہونے والی توقع، نئی نئی تخلیق ہوتی ہوئیں نفرتیں۔ اُن رقابتوں کی چڑیلیں جن پر آدمی کا کوئی بس نہیں کیونکہ وہ محبت کی سڑی ہوئی کھانکڑ سے باہر آتی ہیں۔

اور ــــــ؟

اور گذرے ہوئے وقت کی ناجائز اولادیں۔ ماضی کے پریت جو پرانے وقتوں کی دھول جمی اور بند گھڑیوں میں بیٹھ کر ہلکی ہلکی سی بھیانک ہنسی ہنستے ہیں۔ اور ایک دیو قامت، بے شمار جیبوں والی خاکی رنگت کی برساتی اوڑھے یہ خالی دنیا۔ نادیدہ بارش سے بھیگتی ہوئی، برساتی کی بے شمار جیبوں میں سے اپنا منھ باہر نکالے ہوئے بے شمار خودکشیاں، انسانوں کی ہمزاد، دنیا کی ہمزاد۔

○○○

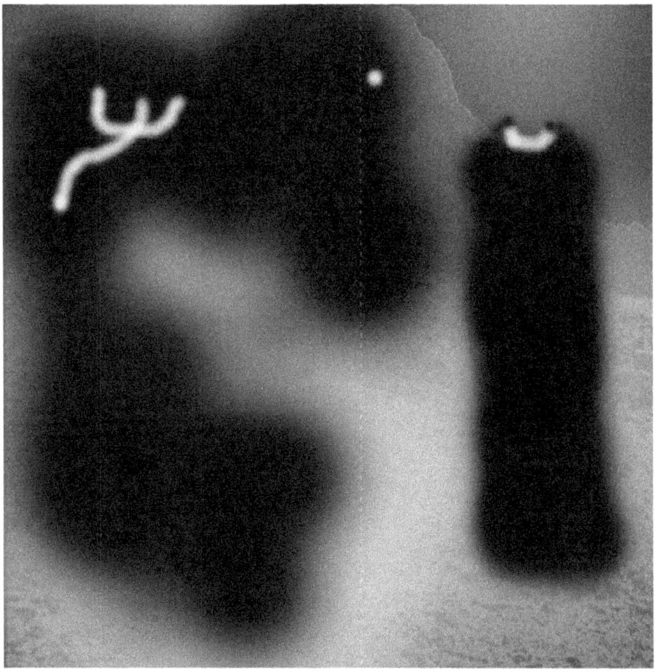

موت کی کتاب | خالد جاوید |

پانچواں ورق

میں اپنے منحوس گھر واپس آ گیا ہوں۔ خودکشی میری پتلون کی جیب سے نکل کر میرے پلنگ کے نیچے ایک بلّی کی طرح بیٹھ گئی ہے۔ میں بھی بیوی کے برابر میں لیٹ کر اپنی تمام گذشتہ حماقتوں کے بارے میں سنجیدگی کے ساتھ غور وفکر کر رہا ہوں۔ میری آنکھوں میں دھواں سا بھرنے لگا ہے۔ شاید آنسو آ رہے ہیں، ہاں واقعی آنسو ہی تھے۔ میں نے انھیں اپنی شہادت کی انگلی پر لے کر زبان سے چکھا۔ یہ بڑے ذلیل اور کمینے آنسو تھے۔ ان میں نمک ہی نہ تھا۔ نمک تک سے خالی، حد درجہ کے بے شرم اور ڈھیٹ۔ ان آنسوؤں سے کیا بھلا ہو سکتا تھا۔ ماضی ایک بڑی قربانی مانگتا تھا۔ ماضی کے بارے میں سوچنا ایک نئی حماقت تھی، مگر یہ حماقت ہر شخص بار بار کرتا رہے گا۔ کیونکہ اُس کی پہلی حماقت تو یہی تھی کہ وہ پیدا ہوا۔ میرا بھی اوّلین گناہ یہی تھا کہ میں نے پیدا ہونے سے انکار نہیں کیا۔ ورنہ میں عدم میں تو بہت مزے میں تھا۔ ایک قابلِ نفریں جہالت، بے علمی اور نہ جانے کن لامحدود زمانوں اور جنموں کے سنسکار میرے شعور کو بہکا گئے اور میں وجود حاصل کرنے کی خواہش میں رحمِ مادر میں آ گیا، اب ماضی کا کیا کروں؟ انسان کا ماضی تو اُس کے مقدر کے مترادف تھا۔ مقدر جس پر لکیریں پڑی ہوئی تھیں، اور

وہ ریت سے بھری ایک تھیلی بن کر سوکھے برگد کی شاخ پر لٹکا ہوا تھا۔ لوگوں کے گھونسے برداشت کرنے کے لیے، اُن کے طاقتور مکّے سہنے کے لیے۔ ریت کی تھیلی تختۂ مشق تھی، مگر یہ حقیقت صرف وہی جانتے ہیں جن کا سر چوٹ کھایا ہوا ہے کہ ریت سے بھری اس تھیلی سے آدھی رات کو خون ٹپکتا تھا۔ خون برگد کی سوکھی جڑوں میں جذب ہوتا جاتا تھا، اور بدھ کا سارا دُکھ اِس خون کی قربانی وصول کرتا تھا۔ تو قصہ یہ تھا کہ مقدر، خون سے لت پت ایک کلیجہ بن گیا تھا جسے جسم سے باہر نکال لیا گیا ہو۔ جسم نے اس بدنصیب مقدر کی کبھی پرواہ نہیں کی۔

دُکھی ہو کر اور اُکتا کر میں نے کروٹ لی اور بیوی کی سرخ و سپید رنگت سے لپٹنا چاہا مگر وہ نیند میں اکڑ گئی۔ اُسے یہ کیا معلوم تھا کہ ایک بار پھر آج میں ریل کی پٹری سے بس تھوڑی دُور رہ کر ہی واپس آیا ہوں۔ پھر بھی، بے شرمی سے کام لیتے ہوئے میں نے بیوی کے کبڑے پستان کو ہاتھ سے چھوا۔ اُس کا ایک پستان سائز اور بناوٹ میں دوسرے سے مختلف ہے۔ اُس پر کچھ اثر نہ ہوا، سوائے اس کے کہ اس نے پیٹھ میری طرف کر لی۔ میری بیوی کچھ بھی سمجھنے سے معذور ہے۔ ایسے لوگوں سے دراصل کوئی توقع رکھنا ہی عبث ہے۔ یہ سارے لوگ جو ایک کان سے دیکھتے ہیں یا ایک کان سے سنتے ہیں۔ ان سب میں مجھے ایک قدرتی عیب نظر آیا ہے۔ اِن کا ایک کان دوسرے سے مختلف ہے۔ ایک آنکھ دوسری سے۔ شاید ساری عورتوں کا ایک پستان دوسرے پستان سے مختلف ہے۔

اور میں ___؟ ایک زمانہ گزر گیا کہ اب تک میری دونوں آنکھیں مل کر روتی ہیں۔ صدیوں سے میرے دونوں کان مل کر آوازِ ماتم میں شریک ہوتے ہیں اور ناک کے دونوں نتھنوں سے برابر کے وزن کی رطوبت نکلتی ہے۔ اس لیے اس تماشے کو اکیلا میں ہی دیکھ سکتا ہوں۔ بھری دوپہر میں لو کا زناٹا، دھول کا غبار، پیاس کا بگولا، خالی آنکھوں میں اگ آئی ہوئی سفید ہڈیاں، چکر، ٹھنڈا پسینہ اور خودکشی سب مجھ پر ہی اپنے ہونے کو آشکار کرتے ہیں۔ مگر وہ کان جو دوسروں کا جڑواں نہیں، وہ آنکھ جو دوسری کی رفیق نہیں اور وہ پستان جو دوسرے پستان کا رازدار نہیں، اس پورے تماشے کو درج کرنے میں ناکام ہیں۔ وہ خالی دنیا میں آویزاں اُلٹی تصویروں کو کبھی محسوس نہیں کر سکتے۔ میں بیوی سے لپٹ کر سونا چاہتا ہوں مگر وہ ایک الگ اور مختلف رنگ کے تکیے پر اپنے خواب دیکھ رہی ہے۔ مجھے نیند نہیں

آ رہی ہے۔ وہ سوتے وقت بھی لپ اسٹک لگائے رہتی ہے۔ بیوی کے ہونٹ بہت موٹے موٹے ہیں۔ سرخ لپ اسٹک لگالینے کے بعد وہ ہمیشہ اُنہیں خفیف سا کھولے رہتی ہے جس کے سبب اُس کے سرخ ہونٹ کسی بھدّے سے تربوز کی دو کٹی ہوئی پھانکوں کی طرح الگ الگ نظر آتے ہیں جن کے درمیان ہوا آ کر بیٹھ گئی ہے۔ مجھے وہ پیاری پیاری نیلی ٹکیہ نگلنا پڑے گی جو سرہانے رکھی ہوئی مجھے محبت سے دیکھے جارہی ہے۔ 'میری پیاری ٹکیہ'، میں نے اُسے بہت آہستہ سے چمکارا۔ مگر میری بیوی میری اس آہستہ سی چمکار سے جاگ گئی۔ 'کیوں چلا رہے ہو، آدھی رات گئے تم کو چین نہیں؟'۔ اس نے غصّے سے کہا۔ 'تو تم جاگ گئیں!' میں نے اُس کے گول مٹول سر کو اپنے پیٹ پر دبانے کی کوشش کی مگر ناقابلِ یقین طور پر اُس کا سارا جسم سخت ہوکر اکڑ گیا۔ میرے بھوکے اور خالی پیٹ اور اُس کے گول مٹول بھرے بھرے سر کے درمیان کی ہوا اچانک ایک سخت اور سیاہ چٹان میں تبدیل ہوگئی۔ پلنگ کے نیچے سے خودکشی نے کسی چوہے کی طرح کھڑبھڑ کی، پھر خاموش ہوگئی۔ مایوس ہوکر وہ نیلی ٹکیہ میں نے اپنے منھ میں ڈال لی ہے۔ ٹکیہ دودھ کی مہربان اور میٹھی دھار کی طرح میرے حلق کو سیراب کر رہی ہے اور میں یہ سمجھ چکا ہوں کہ انسانوں میں دو قسم کی طاقتیں ہوتی ہیں۔ ایک وہ جب محبت میں سرشار ہوکر کوئی عورت اپنے جسم کی تمام ہڈیوں کی توانائی کو ایک نشے میں تبدیل کر کے ہوا کی طرح نازک ہوکر، تمھاری بانہوں میں سما کر تمھارے کندھے پر روئی جیسی نرمی کے ساتھ اپنا سر ٹکا دیتی ہے۔ اور دوسری وہ طاقت جب وہی عورت اپنے پورے جسم کو سختی کے ساتھ اکڑا کر تمھارے ہاتھوں کو زبردست جھٹکا دیتی ہے، تمھارے سر کو پیچھے دھکیلتی ہے۔ وہ ایک گرم آندھی کا وحشت ناک جھکّڑ بن جاتی ہے۔ اُس کے ہاتھ پر کھچڑی بالوں کے گچھے لہراتے ہیں، بلّوریں پیالے میں شوربے میں تیرتی ہوئی ہڈیاں اُچھل کر دیدوں میں سما جاتی ہیں۔ تمھارے اور اُس کے درمیان ایک دل دہلا دینے والی کالی لکیر کھنچ جاتی ہے۔ تم بے بسی سے اُسے اس لکیر کے دوسری طرف کھڑی دیکھتے رہتے ہو۔ یہ ایک بھیانک طاقت ہے، سب کچھ تباہ کر دینے کے درپے جب تمہاری عورت اس طاقت کا بھرپور مظاہرہ کرتی ہے۔ تو تمھارے دل کا اندھیرا نکل کر دیواروں پر چلا آتا ہے۔ تم کسی درخت کی مانند خاموش، اُداس، ایک ناقابلِ یقین کالی رات میں اپنی ہی ہوا میں جھولتے رہ جاتے ہو۔ یہ ایک ذلیل ہوا ہے جس سے خود کو

بچانے کی کوشش میں تم اور بھی زیادہ خوار ہوئے جاتے ہو۔

میں نے خواب آور بلب بجھا دیا ہے۔ اب بالکل اندھیرا ہے، اندھیرے ہی میں مجھے معلوم ہوا ہے کہ میں بھوکا ہوں۔ معدے کی جلن نے یہ خبر مجھے نہیں دی۔ اندھیرا میرا ازلی استاد رہا ہے۔ ایک مہان گرو، اسی نے مجھے یہ سب دکھایا ہے۔ دل پر نکلی ہوئی ایک پھنسی، کسی نادیدہ ناخن سے ڈالی گئی ایک خراش، اندھیرے نے بتایا کہ کسی کے دل میں وہ جگہ کب کی بھر گئی جسے میں نے خالی کیا تھا۔ مجھے یہ بھی معلوم ہے کہ آگہی کے اس ٹھنڈے پسینے کا سوتا بھی اندھیرے میں ہی موجود ہے۔ اب مجھے کچھ نیند کا غلبہ آنے لگا ہے۔ مگر اپنی اونگھتی آنکھوں کے ساتھ میں اندھیرے میں شطرنج کھیل رہا ہوں۔ میں اپنی روح کے ساتھ تاش کی ایک بازی لگا رہا ہوں۔ یہ کتنی روشن دنیا ہے۔ اب سب نظر آ رہا ہے۔ پاتال کے اندر تک کا۔ زمین پر رینگتی ہوئی چیونٹیوں کے حواسِ خمسہ تک اندھیرے کی اِتنی زبردست روشنی ہے اور اتنی بھاری بھی کہ چمک میں تمس اور مادّے پیدا ہو گئے ہیں۔ اندھیرے کی اس وزنی پتھریلی روشنی میں میں نے اپنے سر پر ایک زبردست چوٹ کھائی ہے۔ مجھے صاف نظر آ رہا ہے۔ اندھیرے میں رِستا ہوا خون اور پھر جمتا ہوا۔ اندھیرے میں میرے سر سے سر جوڑ کر بیٹھی ہوئی خودکشی جسے میں نے نظر انداز کیا اور مرنے کا ارادہ ملتوی کیا۔

میں دیکھ رہا ہوں کہ میرے گناہوں کی بوریاں اندر سے سفید ہیں مگر کوئی اُنھیں کھردرے فرش پر گھسیٹ رہا ہے تو اُن سے خون کی ایک لکیر رستی جاتی ہے۔ فرش گندا اور گیلا ہو رہا ہے۔ دل کی رگوں میں نکلا مواد بھرا ایک دانہ، کچا لہو—گناہوں کی اِن سفید پاکیزہ بوریوں کو کون فرش پر گھسیٹ رہا ہے؟ کیسی عجیب اور مایوس آواز ہے۔ اندھیرا تھوڑا اور گہرا ہوا ہے۔ اور اُس نے مجھے یہ نئی اطلاع دی ہے کہ میں غمزدہ بھی ہوں اور کمزور بھی۔ میں خوش رہنا چاہتا ہوں، بہت خوش رہنا چاہتا تھا۔ میں نے اپنی بنجر اُجاڑ اور عدم میں رہنے والی روح میں جسم کے نام روپ، جسم کے بیج اسی لیے ڈالے تھے مگر کیا کوئی روح خوشی اور مسرت کی بھیانک تھکان کو برداشت کر سکی ہے؟

خوشی جو محبت کرنے اور پانے سے ملتی تھی اور مسرت جو نجات کے راستے پر چلنے سے حاصل ہونی تھی۔ افسوس کہ محبت اور نجات کے راستے ہی تو ہیں جو دُکھمیں ڈالتے ہیں۔ محبت جو شہوت کا مزہ بھی

نہیں لینے دیتی، جو جسم حاصل کرتے وقت روح کو افسردہ کر کے رکھ دیتی ہے، نجات کے، مکتی کے، بلکہ سارے راستے، کتنے اُلٹے پلٹے ہیں۔ وہ اُدھر کو نہیں جاتے جدھر کی طرف تیر نما نشان بنا ہوا نظر آتا ہے۔ روح کا جغرافیہ، اس کا نقشہ میری بوسیدہ جیب میں نہیں ہے۔ ہاں اُس کی تاریخ ضرور میرے پاس ہے کیونکہ میرا حافظہ اِن مہیب سڑکوں کے جال اور خطرناک چوراہوں پر جگہ جگہ روشن ایک چوکنّی ٹریفک لائٹ کی طرح نصب ہے۔ یہ حافظہ کبھی ہرا ہوتا ہے، تو کبھی لال۔ میں حافظے کے اِن اشاروں کا احترام کرتا ہوں۔ میں اُدھر کو ہی نکل جاتا ہوں جدھر کا وہ اشارہ کرتے ہیں۔ میں کئی صدیوں تک ایک لال ٹریفک سگنل کے سامنے، چوراہے پر ساکت وجامد کھڑا رہتا ہوں۔ اور اس کے بعد خود کو روح کی تنگ اور پیچ دار گلیوں میں، کالے پانی والی نالیوں میں اوندھے منھ گرا ہوا دیکھتا ہوں۔

اندھیرے میں، یونہی اوندھے منھ گرے گرے اپنے سر کی جانب بڑھتی ہوئی ایک بھیانک اور ظالم ٹھوکر کو میں دیکھتا ہوں، کہیں دور خلاؤں سے، کسی اجنبی سیارے کی سوکھی مٹی، میرے دل پر کٹ کٹ کر گرنے لگتی ہے۔ دل میں خون ملے ہوئے پیلے غبار کی دھند پھیل گئی۔

OOO

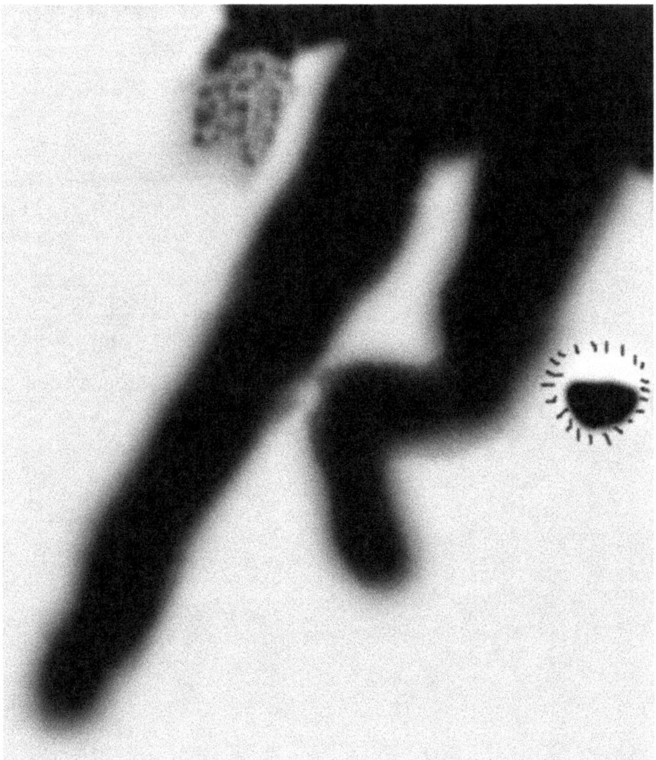

چھٹا ورق

میں رات بھر اس اندھیرے میں جاگتا رہتا ہوں۔ اس لیے صبح کو بہت نیند آتی ہے۔ ایک سیلاب، ایک حملے کی مانند بیوی غصّے سے مجھے جھنجھوڑ جھنجھوڑ کر اُٹھا دیتی ہے تو اُٹھ کر بیٹھ جاتا ہوں، نیند کی مخالف سمت میں تقریباً سوتا ہوا چلنے لگتا ہوں۔ نیند کے اس بیانیے کے خلاف، آنکھوں میں کیچڑ بھرے، اپنی بوجھل روح اور شل ہاتھ پاؤں کا بیانیہ لکھتا ہوں۔ میں ٹوائیلٹ کے سلیٹی فرش، ٹوتھ برش، ریزر اور صابن کے جھاگوں کو آگے کی تیاری کا استعارہ بناتا ہوں۔ نیند کے اس قدیم، رومانی یا کلاسیکل بیانیے کو تہس نہس کر کے میری آنکھوں سے یہ کیچڑ نیچے گرتی ہے۔ روشنی، اُبلتی ہوئی چائے، دو سوکھے بسکٹوں، بلڈ پریشر اور ڈپریشن کی گلابی ٹکیہ کے سہارے آنکھوں میں اُتر آتی ہے۔

مگر رات کو یہ نیند مجھ سے بھرپور انتقام لیتی ہے۔ صبح کی بے عزّتی کا بدلہ۔ رات میں وہ دور کونے میں کھڑی ہو کر مجھے گھونسہ دکھاتی ہے۔ وہ مجھ سے بہت دور نہیں جاتی۔ وہ چوہے بلّی کا کھیل کھیلتی ہے۔ میرے اوپر چپت مارتی، مجھے چڑاتی اور نوچ نوچ کر دور بھاگ جاتی ہے۔ نیند کی زہریلی ہنسی میں تمام گھر میں سنتا ہوں۔ اس کے اس کمینے اور گھٹیا کھیل کا سب سے برا اثر میرے سینے پر پڑتا ہے۔ وہ ایک پتھر کی سی سل کے نیچے دب جاتا ہے۔ آنکھیں جل جانا چاہتی ہیں۔ پیر بوجھل ہو جاتے ہیں۔ تب جب پو پھٹنے کے قریب ہوتی ہے، وہ آنکھوں میں آتی ہے۔ مگر میں یقین سے یہ بھی کیسے کہہ سکتا ہوں کہ یہ وہی نیند ہوتی ہے جس نے رات بھر ایک چڑیل کی طرح میرا خون پیا تھا یا کوئی دوسری نیند، اس کی ہم شکل جس نے اُس پریت کو دور بھگا کر میرے پیروں پر ایک شامیانہ تان

دیا تھا۔ یہ بھی ممکن ہے کہ صبح کی اس نیند کو خود میرے جسم نے ہی پیدا کیا ہو، جس طرح ریشم کا کیڑا ریشم بنتا ہے، اُسی طرح میرا پریشان تھکا ہارا جسم اور ٹھوکر کھایا ہوا سر نیند بنتا ہے، میری تمام زندگی اسی قسم کی بے شمار غلطیوں، ستم ظریفیوں اور حماقتوں سے بھری پڑی ہے۔ اب اس سے بڑی غلطی کیا ہوگی کہ صبح کو شاید میں اس اصل مہربان نیند پر ہی حملہ کر دیتا ہوں۔ میرے ساتھ جو ہوا وہ اُلٹا سیدھا ہی ہوا۔ مثال کے طور پر میں ہمیشہ ایک ایسی فلم دیکھتا رہا جس کے ہر منظر سے اُس کا مکالمہ تھوڑا آگے یا پیچھے ہوتا ہے۔ آواز اُس کے ساتھ پیوست نہیں ہوتی۔ آواز ہر منظر کو زبان دکھاتی، فلم کے فریم میں بہتی رہتی ہے یا پھر کسی انجانی زبان کی فلم جس میں لکھے ہوئے مکالمے آواز کے بہت بعد میں یا پہلے آتے ہیں۔ یہ فلم کی تکنیکی خرابیاں ہوں گی مگر میں تو تمام عمر اِن ہی سے دوچار رہا۔ میں اناڑی پن کے ساتھ ایک انجان زبان کی فلم کے مناظر اور اُس کے مکالموں میں تال میل بٹھانے کی ناکام کوشش کرتا رہا، اس لیے میرا بیڑا غرق ہوا اور سب گڈمڈ ہو کر رہ گیا۔ نفرت کا منظر پہلے آیا تھا مگر میں نے اُس پر محبت کا مکالمہ چسپاں کر دیا۔ بہت بعد میں جب محبت منظر میں داخل ہوئی تو میں نے اُسے ہوس اور خواہش کی آواز میں سنایا پڑھا۔ سب کچھ اسی طرح ہوا، غم، خوشی، غصہ، انتقام، محبت، نفرت، نشہ، بیماری، پسینہ اور پاگل پن سب آگے پیچھے ہو گئے۔ سارا تھیٹر لایعنی تھیٹر میں تبدیل ہو گیا۔ میں افسوس اور ملال کے ساتھ سوچتا ہوں کہ آخر میرے ساتھ ایسا کیوں نہیں ہوا جو عام انسانوں کے ساتھ ہوتا ہے۔ سڑک پر چلتا ہوا ایک عام آدمی دور سے آتی ایک سفید شے کو محسوس کرتا ہے، دیکھتا بھی ہے مگر ابھی اُسے پہچانتا نہیں، کچھ لمحے بعد جب اُس کے سارے حواس واعصاب آپس میں ہم آہنگ ہو کر ایک دوسرے کی مدد کرتے ہیں، تب پتہ چلتا ہے کہ وہ آہستہ آہستہ حرکت کرتی ہوئی شے دراصل سفید رنگ کی ایک گائے تھی۔ مگر حواس سے اِدراک تک کا یہ فطری اور معمولی سفر میرے لیے کبھی مکمل نہ ہو سکا۔ میرے لیے تو اس سفر میں اٹھا ہوا ہر قدم آسمان پر بادل کی گرج، چمک کے سوا کچھ بھی نہیں۔ دور پہاڑ پر پانی برس رہا ہے۔ بادل گرجتا ہے، بجلی چمکتی ہے۔ بجلی چمکنے کا منظر آنکھوں کے سامنے سے پہلے نکل جاتا ہے۔ بادل گرجنے کی آواز کچھ دیر بعد آتی ہے۔ اصل خسارہ آواز سے پہلے ہو چکا ہے، مگر لازمی طور پر

ہر آواز کے لیے میرے مقدر میں کوئی نہ کوئی منظر کیوں لکھ دیا گیا؟

آخر ایک مہربان اندھیرے میں، اچانک کیچڑ اور خون سے اپنے سر کو لت پت دیکھنے سے پہلے میں نے ٹھوکر کی وحشیانہ اور بے رحمانہ آواز بھی تو سنی تھی۔

فرش پر اکڑوں بیٹھے بیٹھے اب میری پلکیں بوجھل ہونے لگی ہیں۔ یقیناً صبح ہونے والی ہوگی۔ عقبی روشندان سے اب چاند نظر نہیں آتا۔ وہ اس بے شرم اور ذلیل دنیا سے شکست کھا کر آسمان کی ڈھلانوں میں اُتر گیا۔ تو اِس رات کا چاند بھی یونہی گیا۔ وہ اپنے خطرناک ارادوں کو عملی جامہ نہ پہنا سکا۔ دنیا تو دنیا، میرا یہ چھوٹا سا شہر بھی تباہ نہ ہو سکا۔ سارے گرگٹ ٹھس رہے ہیں اور اُس سوکھے کنوئیں کا سوتہ گھورے میں دبا ہوا یونہی مردہ پڑا ہے۔ میں اب کیا کروں؟ میں جاگوں یا پھر سو جاؤں؟

پو پھٹ رہی ہے، ہلکی سی سفیدی روشندان میں داخل ہوئی ہے۔ مجھے اُٹھنا پڑے گا، ابھی کچھ ہی لمحوں میں میرے باپ کے زور زور سے بڑبڑانے اور کھنکھارنے کی آواز میرے کانوں کے پردے پھاڑ کر رکھ دے گی۔

اب مجھے اس صبح کی نیند کے خلاف اپنے سن ہو گئے پیروں کے ساتھ اُٹھ کر کھڑا ہو جانا چاہیے۔

○○○

ساتواں ورق

میں اور میرا باپ ایک دوسرے سے نفرت کرتے ہیں۔ وہ مجھے نفرت سے گھورتا ہے اور میں اُسے۔ یہ نفرت کا ایک خاموش مقابلہ ہے۔ میرا باپ میرا مستقبل ہے اور مستقبل کی طرف جانے کا مطلب وقت کے فحش منھ پر مکّا مار کر اُس کے سارے دانت باہر نکال دینے جیسا ہے، مگر مجھے یہ مکّے مارنے کی بری عادت پڑ چکی ہے۔ اب یہ ختم ہونا مشکل ہے۔

دیکھنے میں، میں بالکل اپنے باپ پر گیا ہوں۔ اُسی کی طرح لمبا، سڈول اور چاکلیٹی رنگت والا، میری پلکیں بھی اُسی کی پلکوں کی طرح جھپکتی ہیں مگر اُس کی آنکھوں کی رنگت، میری آنکھوں سے مختلف ہے۔ باپ کی آنکھیں بہت چھوٹی چھوٹی اور بھوری ہیں جب کہ اس معاملے میں، میں اپنی ماں پر گیا ہوں۔ ماں کی آنکھیں کالی اور شاید گائے کی آنکھوں سے بھی زیادہ بڑی بلکہ کہا جاسکتا ہے کہ احمقانہ حد تک پھیلی ہوئی ہیں۔ اس کے علاوہ میں تقریباً ہر زاویے سے اپنے باپ کا ہم شکل قرار دیا جاسکتا ہوں۔ مگر ہاں میرے سر کا بایاں حصہ پچکا ہوا ہے۔ وہاں ایک خالی سی جگہ بن گئی ہے۔ گڈھے جیسی میرے باپ کا سر گول، خوبصورت اور بے داغ ہے۔

شروع شروع میں مجھے اس کا علم نہیں تھا کہ میرا باپ بھی مجھ سے نفرت کرتا ہے۔ دراصل یہ میری نفرت ہی تھی جس کے تفصیلی نصاب نے مجھ پر یہ منکشف کیا کہ وہ بھی مجھ سے نفرت کرتا ہے۔ نفرت ایک پیچیدہ اور پر اسرار علم ہے۔ تنتر منتر اور سفلی عمل کی مانند اس کے اُصول اور ضوابط بھی بڑے اُلجھے ہوئے ہیں۔ مگر ایک بار قاعدے کے ساتھ سمجھ لینے کے بعد، یہ ایک ایسی ریاضی بن جاتا ہے، جس

کے فارمولوں کے ذریعے نفسیات، بشریات اور عمرانیات ہی کی نہیں بلکہ دنیا نام کی گیند کے اندر بھری ہوئی ساری ہوا نکل جاتی ہے۔

مجھے تو خیر اپنے باپ سے شاید پیدا ہونے سے پہلے ہی نفرت ہوگئی تھی، اُس وقت سے جب میں رحمِ مادر میں ایک جنین تھا، مگر تب میری عمر شاید پانچ سال کی رہی ہوگی کہ میرے باپ نے میری مٹھّی پر سخت گھونسہ مار کر ساری مونگ پھلیاں زمین پر گرا دیں جو مٹھّی میں دبی ہوئی تھیں۔ اُسے مونگ پھلیوں سے چڑ ہے۔ اُسے ہر اُس شے سے چڑ ہے جس کے چھلکے ہوتے ہیں اور کھانے کے بعد اُنھیں بھگتنا ہوتا ہے۔ کوڑا صاف کرنا پڑتا ہے۔ وہ زبردست طیش میں آ گیا اور مجھے بری طرح پیٹنا شروع کر دیا۔ میری ماں مجھے بچانے کے لیے دوڑی آئی مگر اُس نے اُسے بھی دھکا دے کر ایک طرف کر دیا۔ ماں کی بڑی بڑی آنکھوں میں آنسو آ رہے تھے۔ مجھے مار پیٹ کر وہ گھر سے باہر چلا گیا۔ میں اُس وقت نہیں رویا، جب میرا باپ مجھے دونوں ہاتھوں سے پیٹ رہا تھا، اُس وقت مجھے ایسا لگا جیسے بخار آ رہا ہو۔ ایسا بخار جو نہ جانے کب سے، ایک بہت پرانے اور بھولے ہوئے واقعے کی طرح ہڈیوں میں چھپا بیٹھا ہوتا ہے، مگر پھر ایک دن کھال پر آ کر سارے جسم کو جلا ڈالنے کے درپے ہو جاتا ہے۔

نہیں میں بالکل نہیں رویا، ہاں اُس تمام رات ایسی ہوا چلتی رہی جیسے اُس کا گلا رُندھ گیا ہو۔ ایسی ہوا زیادہ تر اُن نالوں کے اوپر بہتی ہے جو سڑک پر اپنی ٹوٹی پھوٹی پلیا کے نیچے خاموش بہتے رہتے ہیں۔ میرے پیٹ میں اینٹھن سی ہوئی، جب میں نے ٹوائیلیٹ میں پانی کی ٹنکی کھولی تو پانی روتا ہوا باہر آیا۔ کائی زدہ پائپ کے اندر سرسراتی ہوا نے آوازِ گریہ کی بھونڈی نقل کی، ہر طرف کوئی رونے کی نقل کرتا محسوس ہوا یا شاید واقعی کوئی رو رہا تھا مگر رونے کا صوتیاتی آہنگ ندارد تھا اور لَے ٹوٹ گئی تھی۔ شاید یہ کسی کے رونے کی ناکام کوشش تھی۔ ایک لکنت بھرا رونا، ایک آواز جو رو نہ سکتی تھی۔ ایک ادھوری تشکیل، شاید یہ کسی پیٹ کے کیڑے کی رونے کی آواز تھی جو بالآخر پانی کے زبردست ریلے کے ساتھ فُضلے میں دب کر فلش کے ساتھ گندی تاریک موری میں بہہ جاتا ہے۔

بس یہی وہ لمحہ تھا جب اُس اندھیرے گوشے میں مجھے اُکڑوں بیٹھے بیٹھے اپنے باپ کی میرے

تئیں بھی بے پناہ نفرت کا انکشاف ہوا، جب سے ہم دونوں ہمیشہ ساتھ ساتھ رہنے کے لیے نفرت کی ایک جلتی ہوئی زنجیر سے بندھے ہوئے ہیں۔

OOO

آٹھواں ورق

میں، میری ماں، اور میرا باپ ہمیشہ ایک دوسرے سے جھگڑتے اور لڑتے رہتے ہیں۔ اُن میں آپس میں اکثر مار پیٹ بھی ہو جاتی ہے۔ میری ماں کی ماں ایک میراثن تھی، مگر میری ماں نے تھوڑا بہت پڑھ لکھ لیا تھا اور اپنی ماں کا پیشہ نہیں اپنایا تھا۔ میرا باپ ایک زمیندار گھرانے کا باعزت فرد تھا۔ پتہ نہیں کیوں اور کہاں اس کی میری ماں سے آنکھ لڑ گئی تھی۔ میرے باپ نے اپنے خاندان والوں کی مخالفت کے باوجود اس سے بیاہ کرلیا تھا اور ایک دوسری گلی میں الگ مکان لے کر رہنے لگا تھا۔ مگر جلد ہی دونوں کو اس امر کا احساس ہو گیا تھا کہ اُن کے درمیان کس قسم کی محبت کا شائبہ نہیں ہے بلکہ دونوں کے درمیان ایک لکیر تھی، جو اُن کو آپس میں جوڑتی تھی، وہ ایک دوسرے سے بالکل مختلف تھے، مگر اس لکیر کی ہی وجہ سے ایک دوسرے کے بغیر ناقابل شناخت بھی۔

میری ماں کا چہرہ پتلا مگر ماتھا گول ہے۔ ناک تھوڑی موٹی اور بیٹھی ہوئی ہے اور بھنویں تقریباً نہ ہونے کے برابر ہیں۔ ماں میں زبردست غصّہ بھرا ہوا ہے۔ جس طرح شہد کی مکھیاں اپنے چھتّے کے اندر جمع شہد کا اظہار بھنبھنا بھنبھنا کر کرتی ہیں، اسی طرح میری ماں اپنے غصّے کا اظہار اُس ڈھول کو ماتمی انداز میں زور زور سے پیٹ کر کرتی ہے جسے وہ اپنی میراثن ماں کے گھر سے شوقیہ اُٹھا لائی تھی، حالانکہ میرے باپ کو اس کا ڈھول بجانا تو کجا، ڈھول کو گھر میں رکھنا بھی ناگوار محسوس ہوتا تھا۔ مگر میں نے ہمیشہ یہ محسوس کیا ہے کہ میرا باپ میری ماں سے کچھ دبتا بھی ہے۔ اکثر دونوں کے جھگڑے اور مار پیٹ میں میری ماں ہی حاوی رہتی تھی۔ بس میرے معاملے میں ہی ماں اُس سے کمزور پڑ جاتی تھی۔

وہ جب بھی مجھے پیٹتا، گالیاں دیتا یا نوچتا، تو وہ اُس سے جارحانہ انداز میں لڑنے اور مجھے بچانے میں معذور ثابت ہوتی۔ اُس کا رنگ پیلا پڑ جاتا۔ یہ ایک پراسرار بات ہے۔ مگر کوئی ایسی خاص پراسرار بھی نہیں کیونکہ میاں بیوی کے درمیان اس سے بھی بڑھ کر پراسرار، ناقابلِ فہم اور محیر العقول باتیں پائی جاتی ہیں۔ دنیا کا یہ واحد رشتہ ہے جس کی آپسی قربت کا ثبوت فراہم کرنے کے لیے ایک دوسرے کے ساتھ مادرزاد ننگے ہو کر سونا پڑتا ہے۔ اس کے باوجود دونوں ایک دوسرے کے بارے میں حتمی طور پر کچھ بھی یقین کر پانے میں قاصر ہیں۔ مرد کو نہیں معلوم کہ اُس کی بیوی کے پیٹ میں پلنے والا بچہ اُس کا ہے بھی یا نہیں۔ اور بیوی اپنے شوہر کی چھاتی پر ہر وقت مونگ دلتے رہنے کے باوجود، شوہر کی گردن پر چپکے ہوئے ایک کمزور بال کو ٹھیک سے نہیں پہچان سکتی کہ یہ بال اُسی کے سر کا ہے۔ زیادہ تر یہ رشتہ محض جنسی عمل پر مبنی ہونے کی وجہ سے دونوں فریقین اپنی اپنی ذات کو توسیع دینے کے لیے، اُسے گہرے اسرار میں غرق کر دیتے ہیں۔ جو بعد میں ایک سوکھا ہوا کنواں ہی ثابت ہوتا ہے۔ اس لیے ہوس ہمیشہ جنسی عمل سے بہتر ہوتی ہے۔ جس طرح اندھیرا ہمیشہ روشنی سے بہتر ہوتا ہے۔ ہوس میں تو انسان ایک دوسرے کو درد مٹانے کی دوا کے بطور استعمال کرتے ہیں، ایک دوسرے کے پیپ بھرے زخموں پر پھاہے بن جاتے ہیں۔

افسوس کہ اس رشتے سے ہوس بھی ایک دن مایوس کن حد تک غائب ہو جاتی ہے۔

میری ماں کی آنکھیں، احمقانہ حد تک بڑی اور کالی آنکھیں، نہ صرف اُس کے چہرے پر ناموزوں تھیں، بلکہ اس بھیانک اور شہد کی مکھیوں کے چھتّے جیسے غصّے سے بھی لاتعلق نظر آتی تھیں جو اُس کے باقی سارے اعضا کی رنگت بدل کر رکھ دیتا تھا۔

میرا باپ میری ماں کے بالوں کو مٹھی میں زور سے بھینچے ہوئے تھا۔ 'کتیا ہے تو، کتیا!' ماں نے باپ کی قمیص کا کالر ایک ہاتھ سے مضبوطی سے پکڑ رکھا تھا اور دوسرے ہاتھ سے اُسے پیٹ رہی تھی۔ 'بھڑوے، بھڑوا ہے تو۔' باپ نے لات مار کر اسے ایک فحش گالی دی۔ ماں نے غصّے سے اِس طرح پیر پٹکا کہ دھول اُڑی، اس نے باپ کی قمیص کا کالر چھوڑ دیا۔ اور زمین پر گر کر ہانپنے لگی۔ اس کے بال

باپ کی مٹھی سے الگ ہو گئے اور اُس کے تانبے جیسے چہرے پر دیوانہ وار رقص کرنے لگے۔'کتے، کتے کے بچے، تو نے اسے کھپریل کے نیچے پھینک دیا تھا نہ۔ اُس کا سات مہینے کا بچہ۔۔۔ گر گیا، پاپی، تیرا پاپ، زنخے تیرا پاپ۔' ماں حلق کے بل چیخی۔ لگا کہ اُسے مرگی کا دورہ پڑنے والا ہے۔ اُس کے منھ سے جھاگ باہر آئے۔ اُس نے اپنے کپڑے پھاڑنا شروع کر دیے۔ وہ تقریباً ننگی ہو گئی، پھر وہ دروازے کی طرف دوڑی۔ اُس کے ننگے کولہے خوفناک انداز میں ہل رہے تھے۔ باپ پیچھے پیچھے بھاگا۔ جلدی سے دروازہ بند کر کے اور ماں کا راستہ روک کر کھڑا ہو گیا۔ 'چپ، چپ ہو جا، آہستہ بول، چپ۔' وہ گھبرا گیا۔ بری طرح حواس باختہ ہو گیا۔ ماں نے اسے اپنی بڑی بڑی کالی آنکھوں سے گھورا۔ ان آنکھوں میں غصّے کے کوئی آثار نہ تھے یا شاید یہ ہمیشہ کی طرح وہ کالا غصّہ تھا۔ جو اِن آنکھوں میں نظر نہ آسکتا تھا۔ وہ آنکھوں کے کالے رنگ میں اور اُن کی وسعت میں پھیل گیا تھا۔ گھل مل گیا تھا۔ مگر ماں کے منھ سے گالیوں کا فوارہ جاری تھا۔

میں سہم گیا، میں ڈر کے مارے چادر اوڑھ کر ننگے فرش پر لیٹ گیا۔ گالیوں کا شور آہستہ آہستہ گندی سرگوشیوں میں بدلنے لگا۔ میں خوف کے باعث آنکھیں بند کیے ہوئے تھا۔ مجھے نیند آنے لگی۔ میں نے ایک کالی دیوار دیکھی۔ دیوار میں ایک درار تھی۔ درار سے ایک میلی کچیلی روشنی نکل رہی ہے، ایسی روشنی جو کوڑا جلانے سے پیدا ہوتی ہے شاید۔ نہیں بلکہ یقیناً یہ روشنی میری روتی ہوئی بند آنکھ کے اندر ہی ہے۔ پانی برس رہا ہے۔ برسات کی اس اندھیری سنسان رات میں، ایک خستہ حال مکان بری طرح ٹپک رہا ہے۔ مکان کی بوسیدہ کھپریل پر سفید شلوار اور شاید کالا جمپر پہنے ایک کمسن لڑکی، ٹھیکرے درست کر رہی ہے، کھپریل کی ڈھلان بہت خطرناک ہے اور ٹھیکروں پر کائی جمی ہوئی ہے۔ آسمان میں دور گھاٹیوں میں کوندا ہو رہا ہے۔ پانی پرنالے کی شکل میں بہ بہ کر نیچے آرہا ہے۔ جس میں ایک کتّا بھیگ رہا ہے۔ وہ بار بار جھرجھری لیتا ہے، کانپتا ہے اور اپنے جسم کو جھٹکا دیتا ہے۔ بھیگتے ہوئے کتّے کا سایہ مکان کے سامنے ایک دیوار پر پڑ رہا ہے۔ کھپریل پر جھکی ہوئی ٹھیکرے درست کرتی ہوئی لڑکی کے ٹھیک برابر میں اچانک ایک لمبا سایہ نمودار ہوا ہے، یہ میرا باپ ہے۔ وہ لڑکی کو پکڑ کر اپنی

طرف کھینچتا ہے۔ دور کسی منڈیر پر بارش میں کوئی بلّی رونے لگی ہے۔ وہ اُس کے کان میں کچھ کہتا ہے۔ لڑکی انکار میں سر ہلاتی ہے۔ وہ پھر کچھ کہتا ہے۔ بلّی پھر روتی ہے۔ وہ زور سے چیختی ہے۔ 'نہیں! میں کسی کے یہاں نہیں جاؤں گی، میں اسے پالوں گی۔' باپ اُس کا ہاتھ زور سے پکڑتا ہے۔ لڑکی کی سفید شلوار ہوا میں پھڑ پھڑاتی ہے۔ وہ ہاتھ چھڑا کر آگے کو بڑھ آتی ہے۔ ڈھلان کی طرف، باپ اُس کے پیچھے پیچھے کائی لگے ٹھیکروں پر سنبھل سنبھل کر قدم بڑھاتا ہے۔ لڑکی اور آگے بڑھتی ہے۔ اُس کے پیروں کے نیچے دو ٹھیکروں میں ہلچل سی پیدا ہوتی ہے۔ لڑکی پھسلنے لگتی ہے، وہ اپنے دونوں ہاتھوں کو ہوا میں پھیلاتی ہے۔ پیر جمانے کے لیے، وہ سنسان کھیت میں کھڑے بجو کے جیسی نظر آتی ہے۔ مگر بارش سے تر بتر ہوا کے ایک طاقتور جھونکے کے ساتھ اپنے پھیلے ہوئے دونوں ہاتھوں سمیت وہ کائی لگی کھپریل سے نیچے پھسل جاتی ہے۔ وہ وہاں، اُس بھیگتے ہوئے کتّے پر جا کر گرتی ہے، اُس کے منھ سے نکلتی بھیانک اور ہذیانی چیخوں سے بارش کی آواز دب کر رہ جاتی ہے۔ کتّا اپنی پوری طاقت سے بھونکا ہے۔ بارش تیز ہوگئی ہے۔

کھپریل کے اوپر میرے باپ کا لمبا سایہ غائب ہو چکا ہے۔ ٹپ ٹپ برستے پانی کے نیچے ایک کچّے غریب آنگن میں بڑھتی ہوئی کیچڑ پر لڑکی تڑپ تڑپ کر لوٹیں لگا رہی ہے۔ اس کی سفید شلوار خون اور گوشت کے چیتھڑوں سے بھر کر پھول گئی ہے جسے وہ بھیگتا ہوا کتّا سونگھ سونگھ کر چاٹ رہا ہے۔ بارش اور بھی زیادہ تیز، اور بھی زیادہ بدرنگ ہوگئی ہے۔ کتّا اب روتی چیختی اور تڑپتی ہوئی لڑکی کی شلوار پر شکاری سیاہ گوش کی طرح جھپٹ رہا ہے۔ اس بدرنگ بارش میں گلی کے آخری موڑ پر ایک کنویں کی منڈیر نظر آ رہی ہے۔ دھندلی سی منڈیر آہستہ آہستہ بارش کی چادر نے لڑکی، کتّے، خون اور دردناک چیخوں سب کو ڈھک لیا۔ بس گلی کا وہ آخری موڑ جس کے بعد گلی ختم ہو جاتی ہے۔ صاف نظر آ رہا ہے، بند گلی کا آخری مکان یہ کنواں ہے جس کی ویران منڈیر پر بلّی بیٹھی رو رہی ہے۔

میں اب نہیں رو رہا ہوں۔ میں ڈھول بجنے کی آواز سے جاگ گیا ہوں۔ ماں میرے پاس ننگے فرش پر بیٹھی ڈھول بجا رہی ہے۔ ماتمی ڈھول اور آہستہ آہستہ گالیاں بک رہی ہے۔ یہ گالیاں اُس

گیت کے بول ہیں جو وہ ڈھول پر گاتی ہے۔ ہر آلۂ موسیقی کا اپنا ایک نجی گیت ہوتا ہے۔ یہ اس سیاہ ڈھول کا گیت ہے، جو انسانوں کے مقدر کو کوسنے اور اُنھیں گالیاں دے دے کر لکھا گیا ہے۔ اس ڈھول اور اس کے گیت کی تاب نہ لا کر انسان کے مقدر پر نیلی لکیریں پڑتی جاتی ہیں۔ ماں اس طرح گالیاں دے رہی تھی جیسے سرگوشی کر رہی ہو۔ اُسی طرح سرگوشی کرتے کرتے ڈھولک کی تھاپ پر کبھی کبھی اپنے پھیپھڑوں کی تمام سیاہی کے ساتھ وہ ہنس بھی دیتی تھی۔ یہ ایک ٹوٹی ہوئی چٹخی ہوئی ہنسی ہے۔ سوکھی سی ہنسی جو مردہ ٹہنیوں پر زور زور سے چلنے کی آواز سے مشابہ ہے۔

OOO

نواں ورق

آخر میرا باپ سوتے سے جاگ گیا ہے، اُس نے ڈھول پر ایک زوردار ٹھوکر ماری ہے۔ ڈھول ماں کے ہاتھوں سے نکل کر لڑھکتے لڑھکتے بھی بجے جا رہا ہے۔ اُس کی للکار جاری ہے۔ پھر ایک کونے میں جا کر وہ دیوار سے لگ کر ٹھہر جاتا ہے۔ مگر کچھ ایسے اطمینان اور سرخروئی کے ساتھ کہ جیسے اُس نے اپنا عظیم گیت مکمل کر لیا ہو اور اُسے سنّاٹے کے ہاتھوں میں سونپ کر خاموش ہو گیا ہے۔ باپ نے پھر ایک بار ماں کے بال اپنے ہاتھوں میں پکڑ لیے ہیں۔ اور انھیں لگاتار جھٹکے دیے جا رہا ہے۔ 'حرامزادی، رنڈی، تو نے اُس بھگوڑے فوجی کے ساتھ منھ کالا کیا۔ وہ جو فوجی پولیس کی گولیوں سے کتّے کی موت مارا گیا۔ تو اُس کی غلیظ وردی پہننے کے لیے اُسی کے سامنے اپنے سارے کپڑے اُتار کر ننگی ہو گئی تھی۔' میرے باپ نے میری ماں کے سر کو فرش پر دے مارا ہے۔ 'کتیا تیری آگ نہیں بجھتی۔ میراثن کی اولاد۔ میرا باپ گنا رہی تھی؟ دیکھ اپنا حرام دیکھ۔ یہ حرام کا نطفہ، گناہ کی اولاد۔ میں تیری مڑیا زمین میں رگڑ دوں گا۔ میں اس حرامزادے کا گلا گھونٹ دوں گا' میرے باپ نے میری ماں کے بال چھوڑ دیے ہیں۔ ماں ناقابلِ یقین حد تک سہم کر فرش پر اکڑوں بیٹھ گئی ہے۔ وہ اب گالیاں نہیں بک رہی ہے۔ وہ شاید آہستہ آہستہ رو رہی ہے۔ 'نہیں! یہ غلط ہے، وہ تمہاری اولاد ہے۔' ماں آہستہ آہستہ کانپ رہی ہے۔ 'جھوٹی، چھنال، یہ اُسی کتّے کا نطفہ ہے۔ اُسی بھگوڑے فوجی کا۔' باپ ماں کی پیٹھ پر لات مارتا ہے، وہ اسی طرح ہل کر رہ جاتی ہے جیسے کوئی پرچھائیں۔ 'یقین کرو، خدا کے لیے، یہ تمھاری ہی اولاد ہے۔ تمھارا اپنا خون، تمھارے خاندان کا چراغ۔' ماں کہہ رہی ہے۔ ہچکیوں اور سسکیوں کے

درمیان اُس کے الفاظ صاف سنائی دے رہے ہیں۔ مگر پرچھائیں کے ہونٹوں کو جنبش تک نہیں ہوتی۔

میں نے سہم کر پھر چادر میں منھ چھپالیا ہے۔ مجھے ڈر لگ رہا ہے۔ میں دوبارہ سوجانا چاہتا ہوں، مجھے نیند آرہی ہے، میری آنکھ میں پھر روشنی آرہی ہے۔ وہی ایک سیاہ دیوار، وہی درار جس میں جگہ جگہ خودرو پودے اُگ آئے ہیں۔ درار سے ایک میلی سی آگ کی لپٹ نکل رہی ہے۔ ایسی لپٹ جو سڑک کنارے کوڑا کرکٹ جلانے سے پیدا ہوتی ہے۔ اس میلی روشنی میں ایک چھوٹا سا شہر دکھائی دے رہا ہے۔ شہر، پیچ دار گلیاں، اونچے نیچے اور چھوٹے بڑے مکان سب کڑاکے کی سردی اور خاموش کہرے کی چادر میں لپٹے ہوئے ہیں۔ کسی مکان میں کہیں کوئی روشنی نہیں نظر آتی۔ مگر یہ اندھیرا صرف کالی سردی کا ہی نہیں ہے بلکہ ہر گھر کی کھڑکیوں اور روشندانوں کے شیشوں کو کالے کاغذ سے منڈھ دیا گیا ہے تاکہ دشمن ملک کے طیاروں کو کسی آبادی کی سراغ نہ مل پائے۔ کہیں کوئی آواز نہیں سنائی دیتی، کوئی نکل کر باہر نہیں آتا۔ یہ بلیک آؤٹ ہے۔ جنگ کے دن چل رہے ہیں۔ بار بار جنگی طیارے اپنی دہشت ناک آواز کے ساتھ گھروں کی چھتوں کے اوپر سے نکل جاتے ہیں۔ شام ہوتے ہی سب گھروں کی بتّیاں بجھا دینے کا حکم ہے۔ کبھی کبھی گلیوں میں اپنے بھاری بوٹوں کے ساتھ فوج گشت کرتی ہے اور کسی کے گھر میں روشنی کا ذرا سا شائبہ تک ہونے پر اُس کا دروازہ پیٹ پیٹ کر کسی بھی قسم کی بتّی نہ روشن رکھنے کی تنبیہ کر کے آگے بڑھ جاتی ہے۔ وہ چولھوں میں جلتی آگ کی لپٹ تک کو معاف نہیں کر سکتے۔

تاریک اور دہشت ناک رات میں کئی پہر رات گذرنے کے بعد ایک مکان کے اندھیرے کواڑوں پر ہلکی سی، سہمی سہمی دستک ہورہی ہے۔ میرا باپ خاموشی سے اُٹھا ہے، اور بلّی کی چال چلتا ہوا دروازے تک پہنچا ہے۔ اس نے بہت احتیاط اور ہوشیاری سے دروازہ کھولا ہے۔ کواڑ بالکل نہیں چرمراتے۔ مگر ایک سایہ اندر آتا ہے، جگہ جگہ سے کٹا پھٹا سا اور مسخ شدہ سایہ۔ میرا باپ میری ماں کے کان میں سرگوشی کرتا ہے۔ 'بھائی ہے، اپنے دین کا ہے۔ ہم اسے پناہ دیں گے۔' سایہ ایک کونے میں سکڑ کر بیٹھ جاتا ہے۔ ماں کی آنکھیں سرد اندھیرے میں بلّی کی طرح چمک رہی ہیں۔ وہ دیواروں اور

اُن کے کونوں پر ایک ننھی سی ٹارچ کی مانند پھسل رہی ہیں یا شیشے کی دو چمک دار گولیوں جیسی۔ اِن آنکھوں کی چمک سے وہ سایہ پہلے کسی فوٹو کے نیگیٹو میں اور پھر آہستہ آہستہ ایک خوبصورت روشن تصویر میں بدل جاتا ہے۔ فلم کے فریم میں وقت تھوڑا آگے بہہ گیا ہے۔ جسموں میں عمر کی مقدار کچھ اور بڑھ گئی ہے۔ سردی کم ہوئی ہے، دہشت کم ہوئی ہے، اندھیرا کم ہوا ہے۔ دنیا میں کون سی شے ایسی ہے جس سے کوئی فائدہ نہ ہوتا ہو؟ جنگ سے بھی فائدہ ہوا ہے۔ جنگ میں ہونے والی قتل و غارت گری نے بڑے پیمانے پر آبادی کا صفایا کر دیا ہے۔ زمین جنگل میں بدل رہی ہے۔ ماحولیات والے مطمئن ہوئے ہیں کہ کائنات کی حرارت کو اور ماحولیاتی توازن برقرار رکھنے کی اس سے بہتر صورت اور کیا ہو سکتی تھی؟ جنگلی آتش زنی نے آخر بلیک آؤٹ میں ڈوبے ہوئے اس اندھیرے شہر کو روشن کر دیا ہے۔ جنگ نے ماں کی آنکھوں کو روشن کیا ہے۔ اُس کی کالی آنکھوں میں نئی چمک ابھر آئی ہے۔ اُس کے ہونٹ کھلتے ہوئے کنول جیسے ہو گئے ہیں۔ ماں نے سبز چوڑیاں پہننا شروع کر دی ہیں جو اُس کے مٹّی جیسے رنگ کی کلائیوں میں ہری بھری گھاس کی طرح نظر آتی ہیں۔ میرے باپ کے ہاتھوں بار بار نوچے اور جھنجھوڑے ہوئے اپنے کمزور بھورے بالوں میں اُس نے چاندنی کے پھولوں کا گجرا سجانا سیکھ لیا ہے۔ اپنے ڈھولک پر وہ نرم اور شیریں بول والے گیت گانے لگی ہے، جو آسمان سے گذرتے جنگی طیاروں کی ہیبت ناک آواز کو چڑاتے ہیں۔ کتنا زمانہ گذر گیا؟ کتنا زمانہ گذرا ہوگا دور سرحد پر گولیاں چلتی ہیں۔ ایک بار پھر اندھیری رات میں، بلیک آؤٹ میں اُسی دروازے پر دستک ہوتی ہے۔ یہ ایک دستک نہیں، یہ بہت سی دستکیں ہیں۔ یہ دستکیں نہیں ہیں یہ وزنی بوٹوں کی ٹھوکریں اور سنگینوں کی نوکیں ہیں جن سے کمزور لکڑی کے کواڑ ٹوٹے جا رہے ہیں۔ خوبصورت روشن تصویر نیگیٹو میں بدلتی ہے اور پھر فوراً ہی ایک کٹے پھٹے سے سائے میں۔ سایہ کالی سردی کو اوڑھ کر گھر کے عقبی روشندان سے باہر رینگ جاتا ہے۔ تھوڑی دیر بعد دور گلی کے آخری موڑ پر کنویں کے پاس ایک کے بعد کئی فائر ہوتے ہیں۔ وزنی بوٹوں کی دھمک سے گلی کی سڑک چیخ کر رہ گئی اور ایک میلی بوسیدہ پھٹی وردی میں کئی سوراخ ہو گئے۔ ماں کی آنکھیں سونی اور بے رنگ ہو گئیں۔ ان میں آنسو

نہیں تھے، وہاں صرف آنسوؤں کی ہوا آ کر بیٹھ گئی تھی۔ ماں کے ہونٹ جلی ہوئی فصل جیسے ہو گئے۔

باپ کے خوفناک خراٹوں سے میری آنکھ کھل گئی ہے۔ میں نے چادر سے منھ باہر نکال لیا ہے۔ ماں فرش پر اُسی انداز میں بیٹھی ہوئی ہے۔ گھٹنوں میں سر دیے، خاموش، رات نہ جانے کتنی بیت گئی ہے۔ میں نے سکون کے ساتھ چادر میں پھر منھ چھپا لیا ہے۔ مجھے اب اصل نیند آنے والی ہے۔ مجھے معلوم ہے کہ اب اُن دونوں میں جھگڑا نہیں ہوگا۔ گہری اور مہربان نیند میں، میں نے اپنے ماتھے پر اپنی ماں کو پیار کرتے دیکھا ہے۔ وہ مسکرا رہی ہے، اُس کی کالی آنکھوں میں میرے قد کے برابر کا ایک آنسو چمک رہا ہے۔ اِس آنسو میں انار کا ایک اُداس درخت جھوم رہا ہے۔ اس اداس درخت کی شفقت بھری ہوا میں میری نیند اور بھی گہری ہوتی چلی گئی ہے۔ میں شیر خوار بچوں کی طرح سو رہا ہوں۔ میں مٹھیاں بھر بھر کے مونگ پھلی کے سفید دانے کھا رہا ہوں۔ میں واقعتاً سو رہا ہوں۔ ○

○○

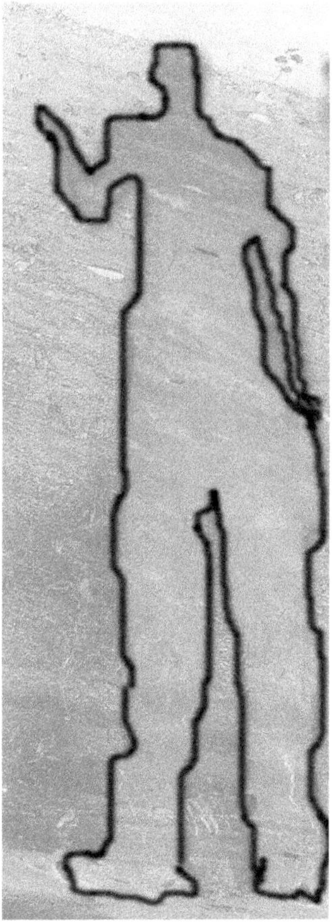

دسواں ورق

دِن چڑھ آیا تھا جب میں جاگا۔ ماں فرش پر نہیں تھی۔ وہ گھر میں بھی نہیں تھی۔ وہ کہیں چلی گئی تھی۔ اس کا ڈھول اُسی کونے میں خاموش پڑا تھا۔ ماں کو تلاش کرنے کے لیے میرا باپ گلی کے دوسرے لوگوں کے ساتھ جگہ جگہ بھٹکتا پھر رہا تھا۔ وہ نہیں ملی۔ میں گھر سے باہر بھاگتا چلا گیا۔ خزاں کا موسم تھا۔ میرے پیروں کے نیچے سوکھے پتّے اور ٹہنیاں کچل رہی تھیں۔ اُن سے ماں کی سوکھی ہنسی کی آواز آتی تھی۔ بھاگتے بھاگتے میں شاید شہر کی سرحد تک پہنچ گیا، جہاں ایک اُجاڑ مٹّی کا ٹیلہ ہے۔ ٹیلے پر دور مجھے ماں نظر آئی۔ پھر غائب ہوگئی۔ پھر دکھائی دی۔ پھر چھپ گئی۔ پھر ایک نقطے میں گھٹتے گھٹتے وہ ٹیلے کے عقب کی اُس زمین میں معدوم ہوگئی جہاں جنگی قیدیوں کی قبریں ہیں۔ اُس کے بعد میں نے ماں کو کبھی نہیں دیکھا۔ یہی وہ لمحہ تھا جس کے بعد میں نے اپنے نیکر میں ایک چاقو چھپا کر رکھنا شروع کر دیا۔ میں خلا میں چاقو سے لکیریں بناتا رہتا ہوں۔ میں اپنے باپ کو قتل کر دینا چاہتا ہوں۔ میں اپنے باپ کا خون اپنے چہرے پر ملنا چاہتا ہوں۔ یہ سب کیا ہے؟ کوئی کامیڈی؟ یا کوئی المیہ۔ شاید دونوں؟ مگر اس کا ہیرو کون ہے، میں تو نہیں ہوں، اگرچہ اس ڈرامے کا اسکرپٹ میں نے ہی لکھا ہے، مگر میں تو ایک برا کردار بن کر بھی اس اسٹیج پر آنے سے معذور ہوں۔ میں ایک مایوس کن پرچھائیں ہوں۔ اسٹیج پر کانپتی ہوئی، یہ انسانی پرچھائیں نہیں، یہ کسی شے کی پرچھائیں بھی نہیں۔ یہ روشنی میں نظر آنے والی پرچھائیں نہیں ہے۔ یہ ہوا میں جھولتی ہوئی ایک گندی گالی کی پرچھائیں ہے۔ اندھیرے

میں بیٹھی شرمندہ ہوا کی پرچھائیں۔ اپنے بازوؤں اور گھٹنوں میں سر چھپائے، اس لیے اسٹیج پر اس ٹریجڈی کی چیخ کبھی نہ سنی جاسکے گی۔ کمزور، شرمسار اور ٹھوکر کھاتی ہوئی لڑھکتی ہوئی چیخ کبھی کسی المیے کے لیے لکھے گئے سنگیت سے ربط نہیں رکھتی۔ اُس کا کوئی آہنگ اور کوئی سُر نہیں ہوتا۔ وہ صرف پیٹ کے کیڑے کی دبی دبی اور ناقابل شناخت آواز ہے۔ یہ وہ چیخ ہے جو اس ٹریجڈی کو کامیڈی میں تبدیل کر دیتی ہے، اس لیے المیے کا عظیم اور اخلاقی اسٹیج اسے حقارت سے ٹھوکر مار کر وہاں سے نکل جانے کا حکم صادر کرتا ہے۔ پردہ گرتا ہے، پھر اُٹھتا ہے۔ پرچھائیں اندھیرے میں سر جھکائے بیٹھی رہتی ہے۔ تھیٹر جاری ہے، مایوس کن چیخ اپنے حصّے کی ایک تالی بھی نہیں حاصل کر پاتی۔ تب یہ چیخ روتی ہے، پھر ہنستی ہے، اور پھر پاگل ہو جاتی ہے۔ وہ اسی پاگل غلیظ ہوا کی طرف گھسٹنے لگتی ہے، جس سے وہ بنی تھی۔ اُدھر اندھیرے میں بیٹھی ہوئی۔ اِدھر تھیٹر چلتا رہتا ہے۔

OOO

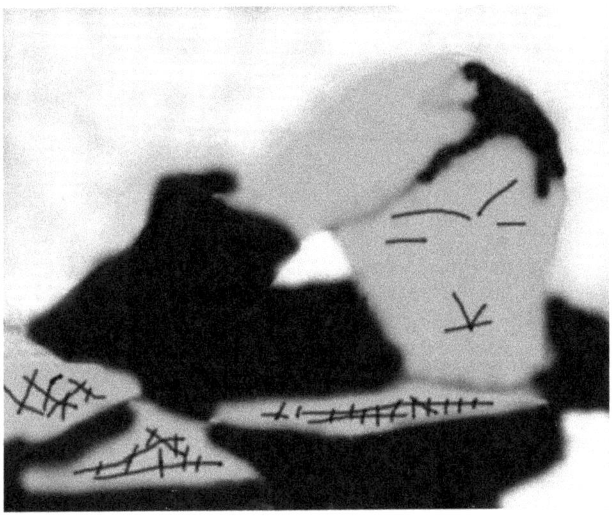

گیارہواں ورق

ماں کے چلے جانے کے بعد باپ نے مجھے نفرت کے گہوارے میں پالنا شروع کر دیا۔ وہ میرے لیے کھانا پکاتا، میرے کپڑے دھوتا اور مجھے لفظوں کے صحیح ہجّے کرنا سکھاتا اور حساب میں خاص طور پر سود در سود کے سوال حل کراتا۔ میرا ہر کام کرتے وقت وہ مجھے نفرت سے جلتی ہوئی آنکھوں سے گھورتا رہتا اور لگاتار مجھے حرام زادے کے لقب سے نوازتا رہتا جو صرف کھا کھا کر موٹا ہوتا جا رہا تھا اور پڑھنے لکھنے کے معاملے میں انتہائی غبی تھا۔ میں بھی اپنا چاقو سنبھال کر رکھنے لگا۔ میں روز اِس فکر میں رہتا کہ کسی طرح اِس چاقو سے اُسے قتل کر دوں۔ صرف اِسی چاقو سے۔

ایک دن اُس نے مجھے گلی میں لگے ہوئے بجلی کے کھمبے سے باندھ کر سب کے سامنے بری طرح مارا، میرا قصور یہ تھا کہ میں نے محلّے کی اپنی عمر سے کچھ بڑی لڑکی کو ایک فحش اشارہ کر دیا تھا۔ سچ تو یہ ہے کہ یہ سلسلہ بہت دن سے چل رہا تھا۔ میں اپنے گھر کی چھت پر کھڑا ہو جاتا تھا اور وہ بھی موقع دیکھ کر اپنی چھت پر آ جاتی تھی۔ ہمارے گھر سے اُس کا گھر تھوڑا دور تھا، لیکن چھتیں تقریباً آمنے سامنے تھیں۔ اور دور سے ہی سہی، ہم ایک دوسرے کو صاف دیکھتے تھے۔ وہ میرے فحش اشاروں کو بہت دلچسپی سے دیکھتی تھی، اور اکثر ہنسی سے دوہری ہو ہو جاتی تھی۔ ایک دن محلّے کے لوگوں نے یہ کھیل دیکھ لیا۔ لڑکی تو پارسا ثابت ہوئی، سارا الزام میرے ہی سر آ گیا۔ محلّے میں اپنی ساکھ کو برقرار رکھنے کی خاطر میرے باپ نے مجھے سب کے سامنے سزا دینے کا فیصلہ کیا۔

کسی زمانے میں میرا دادا کاشتکاروں کو پیڑ کے تنے سے بندھوا کر پٹواتا تھا۔ میرے باپ کے

خون میں یہ تربیت شامل تھی۔ سیاہ سخت لوہے کا کھمبا، اوپر بجلی کے تار جھول رہے تھے۔ کھمبے کے اوپر لگے چینی کے سفید جمپروں سے سن سن کی آواز آرہی تھی۔ گرمیوں کی رات تھی اور بجلی کے کھمبے میں لگے سفید چینی کے بڑے سے کنٹوپ میں تیز روشنی والا بلب جل رہا تھا۔ جس کے چاروں طرف کیڑے اور پتنگے دیوانہ وار ناچ رہے تھے۔ روشنی اور کیڑوں کی وجہ سے کھمبے کے پیچھے والی دیوار پر بے شمار چھپکلیاں نمودار ہوگئی تھیں۔ اُس نے مجھے صرف پیروں سے مارا۔ لوہے کے سخت کھمبے کے ذریعہ زمین سے ہوکر ایک برقی رو بھی کبھی کبھی میرا جسم جھنجھنا کر رکھ دیتی تھی۔ مجھے چھٹی کا دودھ تو یاد نہیں آیا، مگر اپنی ماں کے پیٹ کے اندر کے زلزلے یاد آئے۔ مجھے یقیناً اُس وقت اپنی ماں کی آواز میں رونا چاہیے تھا، مگر میں بالکل نہیں رویا۔ میں نے خود کو بھی ایک سیاہ لوہے کے کھمبے کی ہی طرح تصور کیا، جو ایک دوسرے کھمبے سے اپنی پیٹھ گڑائے طاقت کا ایک انوکھا مظاہرہ کر رہا تھا۔ میرے کانوں، منھ اور ناک میں باریک باریک سے بھنگے داخل ہو رہے تھے اور دیوار پر چمٹی چھپکلیاں انھیں دیکھ دیکھ کر ہنستی تھیں۔ نفرت کا مقابلہ نفرت سے ہی کیا جاسکتا ہے، آنسوؤں سے نہیں۔ آنسو کے لیے بہتر ہے کہ وہ بجائے آنکھ کے، آنتوں میں جا کر چھپ جائے۔

سال گذرتے گئے۔ میرے باپ کی عمر ڈھلنے لگی۔ اس نے مجھے گالیاں دینا کم کر دیا۔ اس کی آواز میں کمزوری آتی گئی، اسے کھانسی رہنے لگی۔ میں ایک لمبے تڑنگے نوجوان میں بدلنے لگا، اور لگاتار اسکول کے امتحانات میں فیل ہونے لگا۔ میں نے محلّے کی کئی لڑکیوں سے جنسی تعلقات بنا لیے، جن کی نظروں میں، میں ایک پرانے زمانے کے فلمی ہیرو سے ملتا جلتا تھا۔ سوائے اس کے کہ میرا سر بائیں طرف کو تھوڑا پچکا ہوا ہے۔

کم عمری کے زمانے میں مجھے مذہب سے تھوڑی دلچسپی تھی، مگر جیسے جیسے میں بڑا ہوتا گیا، مذہب سے میرا جی بالکل اُچاٹ ہوتا چلا گیا۔ میں نے خاص مواقع پر بھی عبادت گاہوں میں جانا چھوڑ دیا کیونکہ وہاں جا کر مجھے اب یہ محسوس ہوتا ہے جیسے میں پھر اُسی بجلی کے، لوہے کے کالے کھمبے سے بندھا

ہوا ہوں اور ایک سیاہ چابک آہستہ آہستہ میری طرف آرہا ہے۔ مجھے وہاں جانے میں خوف ستانے لگا۔

کبھی کبھی بڑی بے چینی کے ساتھ مجھے یہ محسوس ہوتا ہے جیسے کسی زمانے میں میرا کوئی جزیرہ تھا، جو اَب زیرِ آب چلا گیا ہے۔ اس ڈوبے ہوئے جزیرے پر اب میرے پیروں کے نشان بھی باقی نہ بچے ہوں گے۔ ساری مٹّی بہ گئی ہوگی اور اُن نشانوں کی جگہ پر اونگھتی آنکھوں والی مچھلیاں اپنے گلپھڑے رگڑتی ہوں گی۔ میں اپنے حافظے کو، اُس وفادار کتّے کو اکثر آئینے کے سامنے کھڑا ہو کر آواز لگاتا ہوں۔ وہ کہیں اور بھٹک رہا ہے۔ میرا زیرآب جزیرہ اوپر نہیں آتا۔ میں اُس گرہن کے انتظار میں ہوں جو اس جزیرے کو ایسے مدّوجزر سے آشنا کرے گا کہ وہ پانی سے اُبھر کر میرے آئینے میں آکر ٹھہر جائے گا۔ میں منھ میں جھاگ لیے اور دانت بھینچے ہوئے اپنی پرانی پرچھائیاں بٹورتا پھرتا ہوں۔ میں آئینے میں جھاڑو دیتا ہوں تاکہ گذرے وقتوں کی پرچھائیوں کے پرزے بٹور کر سمیٹ لوں۔

مگر مجھے اپنی حماقت اور غلطی کا احساس جلد ہی ہو گیا۔ آئینے میں پرچھائیاں نہیں ہوتیں، وہاں صرف تمھارا عکس ہوتا ہے، تمھاری ہی نقل کرتا ہوا، ایک آسیب زدہ بندر، تم مکا اُٹھاتے ہو اور وہ مکا تمھارے چہرے پر ہی تنتا ہے۔ یہ عکس ہے، ایک اُکتا دینے والا گھٹیا اور بُغض سے بھرا ہوا ایک ڈراما۔ وہ ہمیشہ تمھارے مقابل ہوتا ہے۔ ایک ازلی دشمن کی طرح۔ وہ سوائے دشمنی کے ہر امکان سے خالی ہے۔ وہ وہی ہے جو تم ہو۔ مگر پرچھائیں؟ وہ تمہاری اکلوتی رفیق ہے، وہ تمھارے سامنے آکر کبھی نہیں ہنستی۔ تم مکہ اُٹھاتے ہو، تو تمہاری پرچھائیں اُس مکّے کو اننت تک لے جانا چاہتی ہے۔ اس کی کالی یا دھندلی لکیریں لامحدود امکانات سے مالامال ہیں۔ وہ ہمیشہ تمھارے جسم کے کناروں پر بھٹکتی ہیں، جسم کی چوکیداری کرتی ہوئیں۔ اُسے وسعت بخشتی ہوئیں، پرچھائیں جسم سے الگ ہو کر صرف تمھارے سامنے ہی نہیں کھڑی ہو جاتی بلکہ کبھی کبھی تو وہ ایک ساتھ تمھارے آگے پیچھے، دائیں بائیں بھی ہوتی ہے اور کبھی تمھارے جسم کے اندر اُس کی مکمل اقلیدس سے اپنی سیّال لکیروں کو خلوص کے ساتھ ہم

آہنگ کرتی ہوئی ہمیشہ کے لیے اپنے آپ کو تمھارے سپرد کر دیتی ہے۔

پھر بھی پرچھائیں کی اپنی ایک الگ دنیا ہے۔ ایک الگ وجود ہے۔ وہ شیشے کی محتاج نہیں، وہ روشنی کی بھی محتاج نہیں، بلکہ روشنی کا تو وہ مذاق اُڑاتی ہے۔ اپنی سیاہ لکیروں کے ذریعے، بدلتی ہوئی روشنی کے بدلتے ہوئے زاویوں میں اور چڑھتے ڈوبتے سورج کے ساتھ وہ اپنے نین نقش بدلتی ہے اور اُس کے بعد کہیں اور چلی جانا چاہتی ہے۔ دور ایک عظیم ٹریجڈی کے لیے، ایک سونے اسٹیج پر اپنا سارا اندھیرا سمیٹے ہوئے، اپنا شاندار رول نبھانے کے لیے تیار۔ اس بڑے اداکار کی مانند جو محض اپنے کردار میں ہی نہیں ڈوبتا بلکہ اُس کی اداکاری کے کنارے، کردار کے باہر بھی آکر ٹوٹتے اور بہتے رہتے ہیں۔ اور میں ــــــ؟ میں آج کل یہی سب تو کرتا ہوں، میں جھاڑو ہاتھ میں لیے پرچھائیاں بٹورتا ہوں۔ اپنی خالی ٹوکری کو بھرنے کے لیے۔ مگر میرا زیر آب جزیرہ سطح آب پر نہیں آتا، یہاں تک کہ میرے منھ سے جھاگ نکلنے لگتے ہیں۔ دانت آپس میں بھنچ جاتے ہیں، مجھے دورے پڑنے لگتے ہیں۔

میرا باپ تعویذ اور گنڈے لا لا کر میرے گلے میں ڈالنے لگا۔ وہ تعوید اور گنڈے اتنے بھاری تھے کہ میں جھک کر چلنے لگا، اور میری سانس پھولنے لگی۔ وہ مجھے نہ جانے کون کون سے ڈاکٹروں اور حکیموں کے پاس لے جاتا رہا۔ رنگ برنگی ٹکیوں سے میرا گھر پٹ کر رہ گیا۔ یہ گولیاں کھا کر میں آرام سے سونے لگا، مگر بہت زیادہ فرق نہیں پڑا۔ میں موٹا ہونے لگا، میری بدفعلیاں بڑھ گئیں۔ میری شہوت میں اضافہ ہوتا گیا۔ میں نے پڑھنا لکھنا چھوڑ بالکل چھوڑ دیا۔ میرا باپ اب کسی بات پر مجھے ٹوکتا نہیں تھا۔ وہ شاید اب اِس پس وپیش سے باہر آ گیا تھا کہ میں اُس کی اولاد تھا یا حرام کا نطفہ۔ شاید اس نے زبردستی مجھے اپنی بدنصیب اولاد تسلیم کر لیا تھا کیونکہ قد کاٹھی میں، میں بالکل اُس کے اوپر گیا تھا، مگر مجھے اپنی چھٹی حس سے یہ بھی معلوم تھا کہ وہ مجھ سے آج بھی نفرت کرتا ہے۔ یہ نفرت ایک ایسے پھوڑے جیسی تھی جس کے پس بھرے ریشے تمام جسم میں پھیل جاتے ہیں۔ کئی بار میں نے اُسے ماں کے ڈھول کی دھول صاف کرتے اور چپکے چپکے روتے ہوئے بھی دیکھا، مگر اس سے میری نفرت کم

نہیں ہوئی، بلکہ وہ تو اور بھی بڑھ گئی۔ میں نے اپنے چاقو سے خلا میں لکیریں ڈالنے کی رفتار جنون کی حد تک بڑھا دی۔ میں اپنے باپ کی اُلٹی لٹکی ہوئی تصویر پر خنجر بازی کرنے لگا۔

OOO

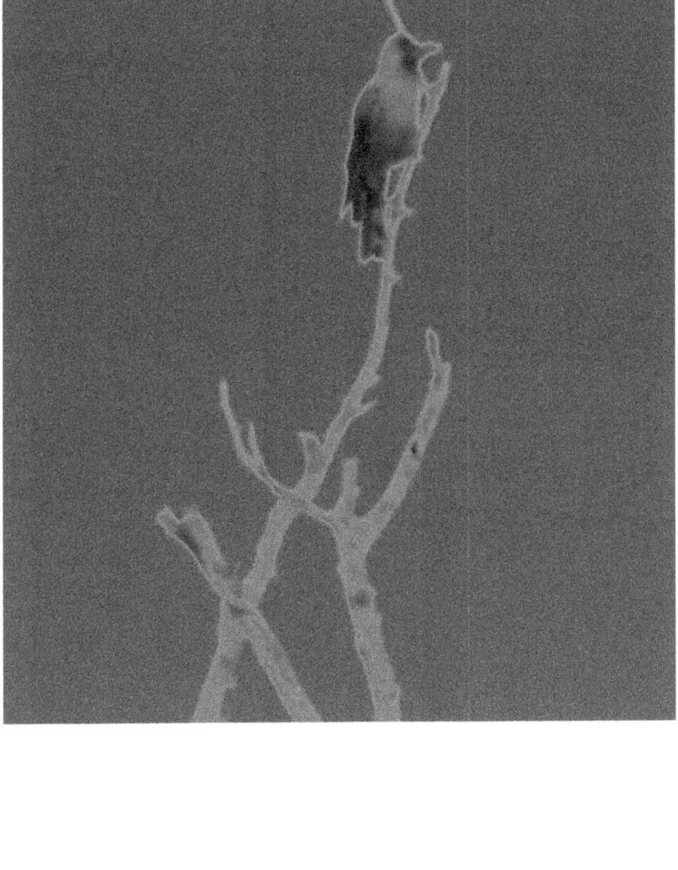

بارہواں ورق

کسی نیم حکیم نے میرے باپ کو یہ مشورہ دیا کہ میری شادی کر دی جائے، اسی سے میرا جنون کم ہو سکتا ہے۔ باپ بھی مجھ سے تنگ آ گیا تھا۔ آخر بڑی کوششوں کے بعد اور جھوٹ کا سہارا لے کر ایک دن اُس نے میری شادی کرا ہی ڈالی۔ شادی کی رات میرے باپ نے مجھے نفرت اور حقارت کے ساتھ دیکھتے ہوئے مجھے حجلۂ عروسی میں ڈھکیل دیا۔ وہ بے حد سرخ و سفید رنگت والی ایک پستہ قد اور موٹی لڑکی تھی۔ سیج پر بیٹھی ہوئی وہ کسی بڑے سے سرخ رنگ کے غبارے جیسی نظر آتی تھی جسے دیکھ کر بچوں کا دل اُس سے کھیلنے کے لیے مچل سکتا تھا۔ میں اُس کے ساتھ ایک رسمی اور معمولی ہم بستری کر کے سو گیا۔ میں نے کئی نیلی ٹکیاں کھا رکھّی تھیں اس لیے مجھے بے حد گہری نیند آئی۔ مگر افسوس کہ اس رات مجھے میرے مخصوص خواب نہیں آئے۔ اُس کی وجہ یہ تھی کہ میرے تکیے پر کسی اور کا سر بھی تھا۔ اس کی سانسوں کی اجنبی پھنکاریں اور اُن سے پھوٹتیں ہوئیں، منھ کی رال کی بساندھیں۔

اصلی خواب بھی ایک تنہا جسم چاہتے ہیں۔ خوابوں کو بھی خلوت چاہیے۔ وہ دور، نادیدہ خلاؤں سے سوتے ہوئے کسی اکیلے شخص کے لیے آتے ہیں، مگر وہ اُس کے تکیے پر کوئی دوسرا سر دیکھ کر واپس مڑ جاتے ہیں۔ واپس جاتے وقت وہ صرف اپنی آڑی ترچھی لکیریں ہی چھوڑ جاتے ہیں۔ یہ لکیریں جو پانی میں بہتی ہوئی کسی تیز رفتار شے سے بننے والی لکیروں کی مانند ہیں۔ ان لکیروں میں کچھ نہیں ہوتا۔ خواب اپنی قواعد، اپنے خفیہ کوڈ اور اپنے چہرے کو سیاہی سے تھوپ کر سب کچھ چھپاتے ہوئے واپس

چلا جاتا ہے۔ یہ لکیریں تو محض ایک سراغ ہیں کہ وہ آیا تھا مگر مایوس واپس گیا۔ کیونکہ تم اس وقت کسی کو بانہوں میں لیے سو رہے تھے۔ تمھارے کندھے پر کسی کا سر تھا۔ یہ سونا تو سونے کی توہین ہے۔ پھر صرف اوٹ پٹانگ منظروں کے بے تکے سلسلے باقی رہ جاتے ہیں۔ اب تمھارے ہی جسم کا کوئی حصہ تمھارے بارے میں جھوٹی خبریں دینے والا ایک نقلی خواب دیکھتا ہے۔ اور تمھارے تکیے پر ایک خاص زاویے سے دبا ہوا تمھارا سر، بائیں پیر کا مڑا ہوا انگوٹھا اور ایک دن کا غیر درست ہاضمہ، سب مل کر اس مضحکہ خیزی کو اور بڑھاوا دیتے ہیں۔ تمھارے دماغ کی ہڈیوں میں اصل خواب کے باقیات تک نہیں رہتے۔ مگر مگر جب تم تنہا سوتے ہو، باہر اندھیرا برستا ہے۔ رات آدھی ہوتی ہے، تب وہ مکمل طور پر تمھارے جسم اور تمہاری روح کو اپنی گرفت میں لے کر، اُنھیں پوری طاقت سے جکڑتے ہوئے اپنے سارے اسرار اور پوشیدہ علم وعرفان کے بند تم پر کھولتا ہے۔ خواب تب ہی تمھیں مالا مال کر کے جاتا ہے۔ جب تم اس طرح بے چارگی اور بے بسی کے ساتھ اکیلے ہوتے ہو، تب خواب تمھیں بتاتا ہے کہ تم خدا کو مطلع کرو کہ تمھارے سر سے خون بہ رہا ہے۔ تمھارے سر پر ایک وزنی ٹھوکر پڑی ہے۔

جیسے جیسے دن گذرتے گئے، میرے وہ مخصوص خواب آنا بند ہوتے گئے۔ گولیاں کھاتے رہنے کے باوجود مجھے بمشکل تمام نیند آتی۔ ہر وقت بے چینی محسوس ہوتی۔ میں اندر سے بالکل اُجاڑ اور سوکھتا جا رہا تھا۔ مجھے نہ دُکھ کا احساس تھا اور نہ سکھ کا۔ چلتے پھرتے لوگ مجھے ساکت وجامد دیواروں کی طرح محسوس ہوتے تھے۔ ایسا لگتا تھا جیسے کسی فلم کے فریم میں بہتا ہوا وقت اچانک ایک مقام پر رُک گیا تھا۔ میرا حافظہ کمزور پڑنے لگا۔ میں چیزوں کے نام بھولنے لگا۔ میں اُن عورتوں کو بھی بھولنے لگا جن سے میرے معاشقے اور جنسی تعلقات تھے۔ لے دے کر بس وہی ایک رہ گئی۔ وہ جس کے زرد ہاتھ ہیں اور آنکھیں خالی ہیں۔ اُسی نے مجھ سے محبت کی اور مجھے میرے جسم کی وحشیانہ طاقت کے سبب نہیں چاہا۔ ایک وہی تو ہے جس کے نیلے دوپٹے کی دھجّی میں اپنے منھ میں لیے لیے پھرتا ہوں۔ ایک وہی ہے جس نے مجھ میں ایک غیر دائمی روح ہونے کا احساس دلایا۔ اُس نے مجھے میرے گناہوں کے البم دکھائے اور اُن گناہوں کی پاکیزہ خوبصورتی سے بھی روشناس کرایا۔ وہ جو میری بیاہتا نہ تھی اور

میرے مذہب کی بھی نہ تھی، مگر اُس نے ہمیشہ میرے لیے کرواچوتھ کا برت رکھا۔ ہاتھوں میں مہندی رچائی، اپنے زرد ہاتھوں میں لال چوڑیاں پہنیں۔ بڑی سی گول سرخ بندیا بھی لگائی۔ یہ سب قابلِ رحم حد تک خوبصورت اور پاکیزہ تھا۔ اُس کا جسم اپنی روح کو سیراب کرنے کے لیے بھوکا اور پیاسا رہا۔ محض اس لیے کہ روح کی بھوک مٹ جائے۔ جسم نے روح کے آگے میدے کے بسکٹوں کے ٹکڑے ڈالے اور روح نے اُسے ایک کتّے کی طرح کھایا۔ ہاں یقیناً ایک کتّے کی طرح، جسم روح کے آگے سج گیا، سنور گیا اور روح کی تسلّی ہوگئی۔ اُف! یہ بے شرم دوکوڑی کی روح جس کے ایک سالمے کو بھی دوام حاصل نہیں ہے، کرواچوتھ کا برت رکھ کر اور بھوکی پیاسی رہ کر اس کے کمزور اور زرد ہاتھوں کی کپکپاہٹ سے جو چوڑیاں بجنے لگیں ہوں گی، کیا اُن سے اس آتما کے کان رسیلے نہ ہو گئے ہوں گے؟

ہمیشہ سے یہی ہوتا آیا ہے۔ بے چارہ جسم روح کے آگے طشتری میں رکھ کر اپنا خون بھرا کلیجہ پیش کرتا ہے مگر روح کی ہوس نہیں مٹتی۔ وہ مذہب میں پناہ ڈھونڈتی ہے۔ ناشکری کہیں کی۔

زخموں سے بھری پیٹھ اور اپنا پھٹا ہوا سر لیے انسان کب سے ایک واہمے کی مانند اِس فانی دنیا میں بھٹک رہا ہے۔ اور کرواچوتھ کا برت تھالی میں سجائے ایک کمزور سے دیے کی مایوس روشنی میں اُس کا جسم زمین پر ڈگمگا رہا ہے۔

وہ میرے لیے صدیوں تک شاید یہی کرتی رہتی اگر اچانک ایک دن اُسے بھی میری طرح دنیا کے یکسر خالی ہونے کا انکشاف نہ ہو جاتا۔ اُس نے بھی اُن الٹی لٹکتی ہوئی تصویروں کو دیکھ لیا ہوگا۔ اس لیے مجھ سے محبت کرنے کے باوجود اور میرے لیے ہی جیتے جانے اور مرتے جانے کے باوجود وہ مجھ سے قطع تعلق کر لینا چاہتی ہے۔ اس کی آنکھوں میں سفید نکیلی ہڈیاں اُبھری ہیں اور یہ پہلی بار ہوا ہے کہ اس کے سامنے بیٹھے بیٹھے بھی مجھے چکر اور پسینے آئے ہیں۔ ایک دن آیا جب میں اُس کے گھر سے

ایک کُتّے کی طرح نہیں بلکہ بے شرم سوّر طرح باہر نکلا۔

OOO

موت کی کتاب | خالد جاوید |

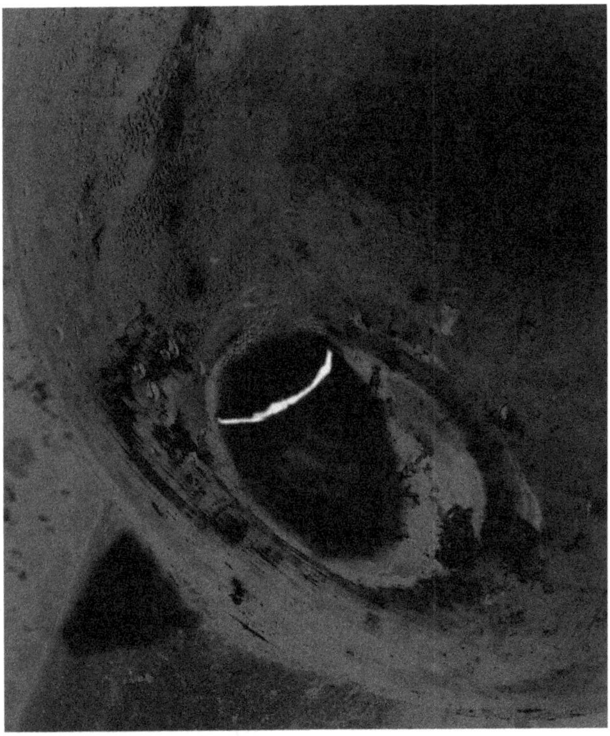

تیرھواں ورق

میری آوارگیاں اور بدفعلیاں اپنی جگہ مگر اِن سے مجھے کبھی کچھ لطف نہیں حاصل ہوا۔ میرا کہنا ہے کہ ہوس جنسی فعل سے بہتر ہوتی ہے، جس طرح سناٹا آواز سے اور اندھیرا روشنی سے بہتر ہوتا ہے۔ اصل لطف تو مجھے اپنے اُن پیارے خوابوں سے ہی ملتا تھا۔ ہائے میرے وہ خواب جو شادی کے بعد مجھے آنا بند ہو گئے۔ وہ خواب کبھی اکیلے نہیں ہوتے تھے، کوئی انسان، کوئی جانور، کوئی درخت، کوئی سائیکل یا کوئی گیند تو اُس اندھیرے میں ہوتی ہی تھی۔ وہ خواب دراصل فحاشی کو ایک ماتمی دھن یا شوک گیت کی طرح گاتے تھے۔ وہاں میری افسردہ اور پاگل خواہش ہوتی تھی، جس کا بھرم رکھنے کے لیے کوئی نہ کوئی مہربان سایہ میرے جسم سے آ کر لپٹ ہی جاتا تھا۔ اگرچہ یہ سب ایک بھیانک ویرانے میں، ایک بنجر خرابے میں واقع ہوتا تھا۔ میرا جسم اوپر سے جنبش نہ کرتا، اس پر تاریکی گرتی تھی، مگر اس کے خون کے اندر ایک محفل سجتی تھی، ایک گندی اور رکیک گالی جھوم جھوم کر قوالی کا بہروپ بھرتی تھی۔ پاکیزگی کو نجاست سے، باکرہ کو فاحشہ سے اور آنکھ کو ناف سے وہاں الگ نہیں کیا جا سکتا تھا۔ وہ خواب مکمل طور پر جمہوری تھے۔ وہ دماغ کے اندر پوشیدہ بھیجے کے ریشوں کی طرح ایک دوسرے سے گتھے ہوئے تھے۔ ایک ریشے پر آہستہ سے انگلی دھرو تو وہاں خون مرنے لگے۔ میں خواب میں بالکل سچا تھا، منافقت سے دور، اپنے خوف، اپنی نفرت اور اپنی خواہش، کسی کو بھی میں نے وہاں دربدر نہیں کیا، کوئی بھی ڈھول اپنے خوابوں میں، میں نے کبھی نہیں جھاڑی، افسوس وہ کیا گئے کہ

زندگی بے مزہ ہو گئی۔ میں گم سم رہنے لگا۔ آنکھوں کے سامنے ہر منظر پر خود میرے ہی ذریعے چھپائے گئے چاقو نے خراشیں ڈال دیں۔ دنیا کے ان مایوس کن کھرچے ہوئے منظروں سے میں اُکتانے لگا۔ میں جس شے کو بھی کھاتا، میرا جی بری طرح متلانے لگتا۔ میرا جگر خراب ہو رہا تھا۔ چہرے پر سوجن آنے لگی۔ آہستہ آہستہ میں بے نام اندیشوں کی ایک ناقابلِ تشریح زنجیر سے بندھتا چلا گیا۔ یوں تو خودکشی بچپن سے ہی میرا نیکر پکڑ پکڑ کر جھولتی آئی تھی، مگر اِن دنوں وہ باقاعدہ میرے کپڑوں پر ہی چلنے لگی۔ اُس نے مجھ سے باتیں کرنی شروع کر دیں۔ اکثر وہ اُسی چاقو سے خود میری ہی گردن ریت دینے کا مشورہ دینے لگی جو میں نے بہت احتیاط کے ساتھ چھپا کر اپنے باپ کو قتل کرنے کے ارادے سے رکھ چھوڑا ہے۔ مجھے اُس کا ساتھ زیادہ اچھا لگنے لگا۔ اُس کی موجودگی میں مجھے ہمیشہ ایک تحفظ کا احساس ہوتا تھا۔

گرمیوں کے آخری دن تھے۔ آخر ایک دن خنکی دبے پاؤں آ گئی، اُس نے گرمی کو اس آہستگی کے ساتھ ایک طرف ہٹا دیا جیسے کوئی کرسی کے ہتّھے سے دھول صاف کرتا ہے۔ ایک شام جب میں اپنے بستر پر لیٹا خالی الذہن ہو کر کمرے کی دیوار کو گھورے جا رہا تھا، مجھے ایک بے نام مگر ہڈیوں تک سرایت کر جانے والی دہشت نے گھیر لیا۔ مجھے لگا جیسے کمرے میں روشن بلب کی چمک دھندلی پڑ گئی ہے۔ جیسے دیواروں سے سارا رنگ وروغن کھرچ کے پھینک دیا گیا ہے۔ کھڑکی سے اندر آنے والا گلی کا بے ہنگم شور کچھ پراسرار سی بُدبداہٹوں میں تبدیل ہو گیا۔ میں نے گھبراہٹ اور بے چینی سی محسوس کرتے ہوئے کروٹ بدلی تو میرے جسم کا سایہ دیوار پر کچھ اس طرح کانپا کہ میں اُسے دیکھ کر دہل گیا۔ وہ سایہ میرے جسم سے الگ ہو کر بدشگونی کے ہولناک امکانات کی پیشین گوئی کر رہا تھا۔ مجھے وہم ہوا جیسے میرے بائیں ہاتھ میں کندھے سے لے کر کلائی تک ہلکا ہلکا سا درد ہو رہا ہے۔ یہ درد آہستہ آہستہ مجھے اپنے دل کی جانب رینگتا ہوا سا محسوس ہوا، جیسے کوئی کالا سانپ کونے میں دُبکے ہوئے کمزور چوہے کی طرف رینگتا ہے۔ دل پر ایک بھاری سِل آ کر ٹک گئی۔ مجھے سانس لینے میں دقّت محسوس ہوئی۔ سرِ شام ہی بے وجہ، گلی میں کوئی کتّا رونے کی آواز نکالنے لگا۔

اچانک میری بیوی نہا کر کمرے میں داخل ہوئی۔ گیلے بدن پر اُس کے کپڑے چپک رہے تھے، کھلے ہوئے گیلے بالوں سے پانی ٹپک رہا تھا۔ اس لمحے وہ مجھے ایک بے حد جیم شحیم عورت نظر آئی۔ اُس کا پستہ قد ربر کی طرح کھنچ کر لمبا ہو گیا تھا۔ وہ بہت چوڑی چوڑی لگ رہی تھی۔ اس کے ننگے بازوؤں پر مضبوط مردوں جیسی سخت مچھلیاں اُبھر آئی تھیں۔ چہرے پر ایک عجیب سی سختی تھی۔ شاید وہ اس وقت ایک ایسے پتھر میں بدل چکی تھی، جو عرصے سے پانی میں پڑے رہنے کے باعث اپنے حجم کو بڑا کر لیتا ہے۔ پتھر بڑا ہو رہا تھا۔ وہ زیادہ سخت ہو رہا تھا، اگر چہ کہیں اندر ہی اندر یقیناً گھل بھی رہا ہوگا۔

یہ کون عورت تھی؟ میں نے اس میں اپنی بیوی کے خدوخال تلاش کرنے کی کوشش کی، وہ ایک ایسے جانور سے مشابہ تھی جو گھاس پر چلتے چلتے اچانک کنکریٹ کی کالی سڑک پر آ کر گم ہو جاتا ہے۔

مجھے اپنے گوشت، اپنی کھال اور ہڈیوں کے اندر زلزلہ سا آتا محسوس ہوا۔ مجھے لگا جیسے مجھے دل کا دورہ پڑنے والا ہو، ایک بھیانک تھکان اور کمزوری نے مجھے جکڑ لیا، ہاتھ پاؤں ٹھنڈے ہونے لگے، مگر دل کے پاس سینے پر مساموں میں ایک عجیب اور نہ سمجھ میں آنے والی گرمی کنڈلی مار کر بیٹھ گئی تھی۔ میرا سر گھومنے لگا۔ کمرے کی دیواریں اور فرش کسی ویران دوپہر کے ایک گرم بگولے کی طرح چکرا رہی تھیں۔

اور تب وہ آیا۔ وہ ٹھنڈا اور پراسرار پسینہ۔

یہی وہ لمحہ تھا جب اُس نے پہلی بار میرے جسم پر دستک دی تھی اور آگہی کے دبیز اندھیرے کو میرے اندر اُنڈیل کر واپس چلا گیا تھا۔ اُس دن سے اب تک تقریباً روز وہ میرے پاس آتا ہے۔ میری بنیان اِس سے بھیگی رہتی ہے، میلی بنیان سے خون کی بو آتی ہے۔

OOO

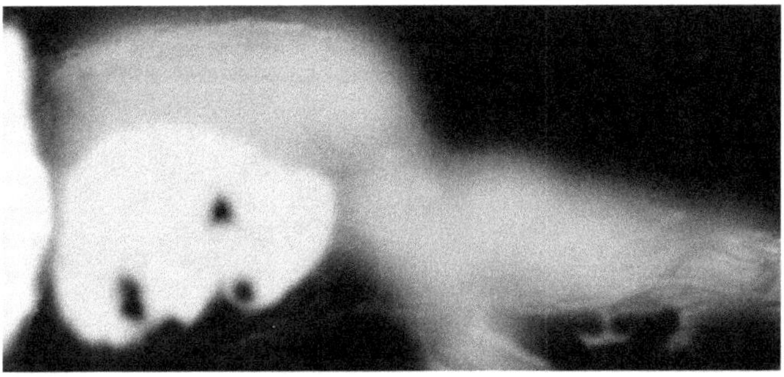

چودھواں ورق

اس ٹھنڈے پراسرار پسینے نے میری جنسی زندگی کو یکسر تبدیل کر کے رکھ دیا۔ اس واقعے سے پہلے میں بے دلی اور اُکتاہٹ کے ساتھ ہی سہی مگر روزانہ بیوی کے ساتھ ایک کامیاب مباشرت کرتا تھا۔ اس کا کوئی وقت مقرر نہ تھا۔ جب مجھے لگتا کہ بیوی کو اس کی ضرورت ہے تو میں اُسے وحشیوں کی طرح بھبھوڑنے لگتا اور شہوت سے شرابور ہو جاتا۔

مگر اُس شام کے بعد سب کچھ بدل گیا۔ اب میں نے اپنے اندر ایک 'عظیم نامرد' کے وجود کو منکشف کیا۔ ایستادہ عضوِ تناسل مجھے بے حد چھچھورا، پرتشدد اور لمحاتی اقتدار رکھنے والا، ایک حکمران نظر آنے لگا۔ اس حکمران کو ایک ایسی بصیرت کی ضرورت تھی جس کے بعد اُسے ایک بیراگی فقیر بن کر اپنے وجود کے تاریک غار میں چلے جانے چاہیے تھا۔ اور انجام رسیدہ عورت کا اندام نہانی میری دیکھی ہوئی اشیا میں سے شاید سب سے اُداس شے تھی۔ پیڑ سے گری ہوئی ایک سوکھی اور خاموش زرد پتّی۔ میں اس سوکھی زرد پتّی کو دیکھ کر چپکے چپکے رونا شروع کر دیتا۔ جنسی عمل میرے لیے اب ایک برا حادثہ بن گیا۔ مرگی کے دورے کا شکار ایک جسم۔ سلیقے، شائستگی اور سمجھ داری سے یکسر خالی۔ مگر اصل مسئلہ تو اُس دہشت کا تھا جو اُس محنت سے پیدا ہوتی تھی جو میرا بدبخت جسم تب کرتا تھا جب میرا عضو کبھی کبھی جسم کے اشاروں پر ناچنے سے انکار کر بیٹھتا تھا۔ وہ باغی ہو جاتا تھا کیونکہ اس کی اپنی شخصیت تھی، اپنا منفرد کردار۔ اپنی نسیں، اپنا لہو، اپنا چہرہ اور یہاں تک کہ اپنا ذہن بھی۔ یہ چہرہ اور دماغ مرد کے اُس نقلی چہرے سے یکسر جدا تھا جسے لیپ پوت کر کوٹ ٹائی کے اوپر لگا لیا جاتا ہے۔

اور ایسے وقت میں مرد بے چارے مرد کا جسم، اُس کا سینہ اُس کا دل، اس کے پھیپھڑے اور اُس کی کمر کی گریاں، سب ایک جان لیوا محنت میں لگ کر اُس دہشت سے لڑتے تھے جب اُس کے نیچے پڑی ہوئی عورت ابھی انجام تک نہ پہنچی ہو، یہی وہ مہلک لمحہ ہوتا ہے جب مرد اُس طاقت کا مظاہرہ کرتا ہے جو اُس کے اندر کبھی تھی ہی نہیں۔ یہ ایک خطرناک تضاد کا منظر ہے۔ اعصابی تشنج کا شکار ہو کر وہ ایک مصنوعی طاقت کا مظاہرہ کرتا ہے، اپنی سانس روک کر، اپنے پھیپھڑوں اور گردوں کو تقریباً پھٹ جانے اور اپنی ریڑھ کی ہڈّی کو توڑ بیٹھنے کے قریب لے جاتے ہوئے اور اپنے منھ کے تھوک میں شامل خون کے ذائقے کو محسوس کرتے ہوئے وہ موت کے انتہائی قریب آجاتا ہے۔ کیا کوئی ایسے مرتے ہوئے آدمی کا چہرہ دیکھ سکا ہے؟

اور میں تو اِس خالی دنیا کا مقابلہ بھی ایسی ہی مصنوعی اور دکھاوٹی طاقت کے ساتھ کرتا آیا جس کا مظاہرہ کوئی مرد اُس وقت کرتا ہے جب اُس کی عورت اُس کے نیچے پڑی پڑی اُبل رہی ہوتی ہے اور اُس کا عضو اچانک اُس کے لیے ایک اجنبی جانور بن جاتا ہے۔ ایک ایسا سرکش اور نافرمان گھوڑا جو اپنے سوار کو اپنی پیٹھ پر سے گرا کر، تھوڑی دور جا کر اپنی پسند کی گھاس پر منھ ڈالتے ہوئے بیگانگی کے ساتھ گھاس چرنے لگتا ہے۔ جفاکشی کی اس سے عظیم اور نادر مثال اِس دنیا کا مقابلہ کرنے کے لیے بھلا اور کیا ہوگی۔ یہی وہ عظیم نامردی تھی جسے میں نے اپنے اندر واضح طور پر اور شدت کے ساتھ محسوس کیا۔ اُن دنوں مجھے ٹھنڈے پسینے، چکّر اور گھبراہٹ نے ناقابلِ یقین طور پر تقریباً ہر وقت اپنی گرفت میں لے رکھا تھا اگر چہ یہ مجھے باطنی طور پر مالا مال کرتے گئے۔ یہ مجھے گیان اور درشن ہی نہیں دیتے تھے بلکہ ایک سخت گیر گرو کی طرح مجھے میرے گناہ کی سزا بھی دیتے تھے۔ میرے گناہ اندر اور باہر ہر طرف تھے۔ گناہ میرے جسم کے مساموں میں پسینے سے لت پت بھی تھے اور میں جس پر بیٹھتا تھا وہ گناہوں کی سوکھی لکڑیوں کا ایک گٹھر تھا۔ یہ گٹھر جس زمین پر پڑا تھا اس میں پھول نہیں کھل سکتے، کیونکہ پھول جہاں کھلتے ہیں وہ کبھی اصل زمین نہیں ہوتی۔ ہم اصل زمین پر کبھی اپنی قدم نہیں رکھتے۔ اصل زمین ہمیشہ ہوا میں لٹکی رہتی ہے۔ نہ جانے کون سے تختوں اور بلّیوں کے سہارے۔ میرا

ضمیر مجھے ملامت کرتا ہے، میرے جسم پر لعنت بھیجتا ہے مگر ضمیر کی سمجھ میں یہ کیوں نہیں آتا کہ کبھی کبھی ایک کتّے کا پاؤں بھی کیلے کے چھلکے پر پھسل جاتا ہے۔ اپنے ٹھنڈے پسینے کی چمک اور چکّر کی مسافت میں، میں دنیا کے قابلِ رحم اور مضحکہ خیز خالی پن کو صاف دیکھ لیتا ہوں، دنیا کی دیواریں جو ایک ذلیل دھوئیں کی بنی ہوئی ہیں، ان دیواروں پر لٹکتی ہوئی تصویریں مجھے نظر آ گئی ہیں اور احمق انسانوں کی اُن پر ہوتی ہوئی دیوانہ وار خنجر بازیاں بھی۔

یہی وہ دن تھے جب میری ہم زاد خودکشی زیادہ باتونی ہونے لگی۔ وہ ہر وقت میرے کان میں طرح طرح کی سرگوشیاں کرتی رہتی، وہ مجھے لوریاں سنانے کی ناکام کوششیں کرتی۔ وہ مجھے میرے پچکے ہوئے سر کا احساس دلاتی اور گھر کے دروازے کے کونے میں رکھی ایک پرانی زنگ آلود کلہاڑی کی طرف بار بار اشارہ کرتی جس سے میں اِس بدنما اور ذلیل سر سے نجات حاصل کر سکتا تھا۔ میں خودکشی کی اس بڑبڑ کو لگاتار نظرانداز کرتا رہا مگر میں اُس سے بے حد مانوس بھی ہوتا چلا گیا۔ جب بھی وہ مجھے چھوڑ کر تھوڑے سے وقفے کے لیے کہیں اِدھر اُدھر چھپ جاتی تو مجھے اُس کی کمی شدت سے محسوس ہوتی اور میں خود کو بہت اکیلا اور بے یار و مددگار محسوس کرتا۔

OOO

پندرھواں ورق

ایک تجربہ کار مدرّس کی طرح خودکشی مجھے جسم میں رہنے کی حماقتوں اور نقصانات سے آگاہ کرنے لگی۔ وہ جسم کی خامیوں اور اُس میں مضمر خرابیوں کو ایک ایک کرکے گناتی سارا مسئلہ ہی جسم کا تھا۔

مجھے بھیانک کھانسی اور نزلے نے جکڑ لیا۔ ناک سے ہر وقت غلیظ پیلی رطوبت بہنے لگی۔ مجھے سردی زیادہ ستانے لگی۔ سردی کی تیز لہر کا شکار میرا دل کانپتا رہا۔ گرمی کہیں نہ تھی اور جو بھی گرمی تھی وہ میرے زور زور سے کھانسنے پر پیدا ہوتی تھی۔ سردی سے چڑھے بخار کی گرم ہوا منھ سے باہر نکلتی تھی اور پھیپھڑوں میں سانس اِس انداز میں تیرتی تھی جیسے میں میدان میں دوڑ لگا رہا ہوں۔ مجھے اپنے پچکے ہوئے سر پر ایک ایسے زخم کا احساس ہونے لگا جو آدھا سوکھا ہے اور آدھا بھر گیا ہے۔ جسم پر ایک آدھا سوکھا زخم ہمیشہ بہت خطرناک اور پراسرار ہوتا ہے۔ یہ آدھا کھرنڈ خواب میں سنی گئی گالیوں کی طرح ہوتا ہے۔ خواب میں اُٹھائی جانے والی ذلّتوں اور خواب میں سنے ہوئے ناموں کی طرح جن پر جاگ جانے کے بعد ہنس دیا جاتا ہے اور انھیں بھلا دیا جاتا ہے، مگر شاید خواب میں سنے گئے نام انسان کی عمر کے آخری کنارے تک اُس کا انتظار کرتے ہیں، جہاں پہنچنے پر وہ سب نام اُس کا ہاتھ تھام کر خود اُسے بھی خواب میں سنا گیا ایک نام بنا دیتے ہیں۔ مجھے اپنی ماں کی یاد ہر وقت ستانے لگی۔ میں بیماریوں کی زد میں آ گیا تھا۔ میں کمزور ہو گیا تھا۔ میرا وزن گھٹ رہا تھا، میں اپنی ماں کا دودھ پینا چاہتا تھا۔

'نکلو یار، جسم سے باہر نکلو،' خودکشی نے میرے کان میں کہا۔ مگر میں نے اَن سنی کر دی۔

میرے پیٹ میں سخت اینٹھن رہنے لگی، پانی کے دو گھونٹ بھی حلق سے نیچے اُترتے تو مجھے

ٹوائیلٹ جانے کی ضرورت پیش آتی۔ پھر یہ ہوا کہ میرا زیادہ تر وقت وہیں بیٹھنے میں گذرنے لگا۔ یہ وہی ٹوائیلٹ تھا، میرے بچپن کا۔ یہ بالکل نہیں بدلا تھا۔ تنگ و تاریک، خستہ حال کواڑ، زنگ لگا ایک پائپ اور پرانی ٹونٹی جس کے نیچے ایک لوٹا رکھا ہوا تھا۔ المونیم کے اِس لوٹے کے پیندے میں چھید تھے جن سے پانی نکل نکل کر سیمنٹ کے بدرنگ فرش کو ہمیشہ گیلا کرتا رہتا تھا۔ دیوار میں ایک چھوٹا سا طاق تھا، جس میں ایک موم بتّی رکھی رہتی تھی۔ اس کے دھوئیں سے طاق کالا پڑ گیا تھا۔ میں چینی کی اِس مکروہ پیلی پڑی ہوئی سیٹ پر اکڑوں بیٹھا رہتا تھا جس میں کاکروچ اور چیونٹے رینگتے پھرتے تھے۔ میرا اِس مقام سے بہت پرانا رشتہ تھا، آخر یہیں بیٹھ کر ہی تو میں نے اِس زنگ آلود ٹپکتے ہوئے پائپ سے پانچ سال کی عمر میں ہی رونے کی آواز سنی تھی۔

ایک روز جب میں وہاں دیر تک بیٹھا رہا تو اچانک میری نظر ٹوائیلٹ کی سیٹ پر پڑگئی۔ مجھے لگا جیسے میری بیوی نے اپنی لپ اسٹک سے سیٹ کو جگہ جگہ سے پوت ڈالا تھا۔ باہر ہوا چل نکلی تھی کیونکہ کواڑ آہستہ آہستہ ہلنے لگے۔ اندھیرا سا ہونے لگا۔ دونوں وقت مل رہے تھے۔ میں نے طاق میں رکھی ہوئی موم بتّی روشن کی اور لپ اسٹک کو غور سے دیکھا۔ نہیں وہ گاڑھا گاڑھا خون تھا جو سفید پیلی سیٹ سے جگہ جگہ چپکا ہوا تھا۔ میرے پیر بری طرح کانپنے لگے۔ یہ خون میری آنتوں سے آیا تھا۔ یہ خون اُن آنسوؤں سے تعمیر ہوا تھا جو پانچ سال کی عمر میں میری آنکھوں میں نہ آکر، اِس تاریک مقام پر بیٹھے بیٹھے میری آنتوں میں اُتر گئے تھے۔

''نکلو یار، اِس گھٹیا اور ذلیل جسم سے باہر نکلو۔'' خودکشی نے اس بار قدرے بلند آواز میں کہا۔ ایک لمحے کو موم بتّی تھامے ہوئے میرا ہاتھ اپنے کپڑوں میں آگ لگانے کے لیے لپکا مگر فوراً مجھے اپنے چاقو کا خیال آگیا۔ پہلے میں اپنے باپ کو قتل کردوں!

تو جسم میں رہنے کے یہ معنی تھے؟

میں نے جسم کا خیال رکھنا بالکل ہی چھوڑ دیا۔ میں گندا اور غلیظ رہنے لگا۔ میرا رنگ راکھ کی طرح سلیٹی مائل ہوگیا۔ میرے میل بھرے ناخن بڑھ کر دو دو انچ کے ہوگئے، جن سے میں اپنے جسم پر

خراشیں ڈالنے لگا۔ میں اپنے پیلے اور کیڑے لگے سڑتے ہوئے دانتوں سے اپنی انگلیوں کی پوریں کاٹنے لگا۔ انگلیوں پر بدنما زخم بننے لگے، جو بھرتے نہ تھے۔ میں اِن زخموں پر پیشاب کرنے لگا۔ جسم کے اندر اور باہر، جب دونوں ہی طرف اتنی گندگی تھی تو پیشاب میں انگلی ڈبونا اور دِل کے لہو میں انگلی ڈبونا ایک ہی بات تھی۔

ٹوائیلٹ میں چیونٹے بڑھنے لگے۔ میرے پیشاب کی دھار گاڑھی اور سفید ہوتی گئی۔ مجھے شکر آرہی تھی۔ میری ہڈیاں گھل رہی تھیں اور آنکھیں کمزور ہوتی جارہی تھیں۔ جسم میں رہنے کے یہ معنی تھے؟ مجھے طرح طرح کے اندیشے ستانے لگے۔ میں نے داڑھی بنانا ترک کردیا۔ میں خود کو اور اپنے جسم کو سب کی نظروں سے چھپانا چاہتا تھا۔ میں اپنی بڑھتی ہوئی داڑھی سے نہ صرف اپنے چہرے کو بلکہ پورے بدن کو ڈھک دینا چاہتا تھا۔ مجھے ڈر تھا کہ کہیں میرا جسم کسی کے پیٹ میں پہنچ کر ایک دن پیٹ کے کیڑے کی طرح فضلے میں لپٹا ہوا پانی کے ایک زبردست ریلے کے ساتھ گندی نالی میں نہ بہ جائے، اس لیے میں نے اپنے ناتواں جسم کو غلیظ داڑھی، میل، غلاظت اور بدبو کے اندر احتیاط کے ساتھ چھپا کر رکھ دیا۔

ڈاکٹروں نے میری دوائیں بدل دیں۔ اب میں صرف نیلے رنگ کی وہ گولیاں کھانے لگا جو میرا باپ اور میری بیوی مل کر بڑی مشقتوں کے ساتھ، زبردستی میرے منھ میں ٹھونس دیتے تھے۔ گھر میری گندگی، کھانسی، بلغم، جوؤں، اور بدبوؤں سے پٹ کر رہ گیا۔

یہ سب میرے گناہ تھے جو میرے جسم سے باہر آکر گر رہے تھے۔ میں اپنے گناہوں کے بارے میں کتنا سوچوں؟ میں جو خود شاید گناہ کی اولاد ہوں اس لیے میں اپنے گناہوں کے آثارِ قدیمہ کی تلاش کرتا ہوں۔ میں اپنے ہاتھوں کو زمین کھودنے کے لیے کدال کی طرح استعمال کرتا ہوں۔ میرے ہاتھ صرف ایک خطرناک مٹّی میں جا کر اپنی جڑوں میں اُلجھ کر رہ جاتے ہیں۔ میں ان جڑوں کو غور سے اپنی آنکھوں کے قریب لا کر دیکھتا ہوں۔ میری جڑیں ایک عورت کی شکل کی سی ہیں۔ سارا تماشا یہی ہے اسی لیے دل جب شہوت چاہتا تھا تو دماغ روتا تھا۔ دراصل میرے ساتھ ایک اور

المیہ بھی ہوا ہے۔ میں انسانوں کی زندگی میں ایک غلط دروازے سے داخل ہوا۔ یہ ایک وسیع وعریض حویلی تھی، جس کے اندر داخل ہونے کے راستے الگ الگ افراد کے لیے الگ الگ تھے۔ وہ دروازہ جہاں سے بھنگی داخل ہوتا تھا، میرا دروازہ بھی وہی تھا۔ میں ایک اچھوت تھا، اور جس طرح بعد میں ساری دنیا اُس کے لیے خود بھی اچھوت بن جاتی ہے۔ قابلِ نفریں تو یہی سب میرے ساتھ بھی ہوا۔ آخر کیوں نہ میری جڑیں ایک گھوڑے کی شکل کی ہوئیں یا ایک خرگوش کی شکل کی؟ بات تو محض گانٹھیں بننے کی تھی۔ ایک معمولی گھماؤ یا خم، مگر ایسا نہ ہوا۔ گناہ کی آواز تو دنیا میں میری پہلی آوازِ گریہ میں ہی شامل تھی۔ میرے گناہ ہی وہ جلی ہوئی راکھ تھے جن سے میں نے اپنے جسم کے برتن مانجھے۔

اب یہی جسم میرے لیے قابلِ نفریں تھا اور خودکشی مجھے اس کی دیواریں توڑ کر باہر نکل جانے کے مفید مشورے دیتی رہتی تھی۔ خودکشی کے ایسے کارآمد مشوروں کے بارے میں، میں پھر فرصت کے اوقات میں سوچوں گا۔ ابھی تو مجھے صرف اپنے گناہوں کا تجزیہ کرنے سے ہی نجات حاصل نہیں۔ میں سب ملتوی کرتا ہوں۔ میں مرنے سے پہلے ایک بار پھر اپنے گناہوں کے بارے میں سوچتا ہوں جن کا اندراج خدا کی 'موت کی کتاب' میں نہیں بلکہ میری ذاتی موت کی کتاب میں یقیناً کیا جانے والا ہے۔

میرا سب سے بڑا جرم تو یہ تھا کہ میں نے محبت کو ہمیشہ گناہ کی طرح تلفظ کرکے پکارا۔ میرے دل کی کرچیاں گناہ کی روشن لکیر پر چیونٹیوں کی مانند چپک گئی ہیں۔ دُکھی دل گناہ چاٹ چاٹ کر کھا رہا ہے، جیسے دیمک مکان کو کھا جاتی ہے اور خونی پیچش آنتوں کو۔ دُکھ کی نیلی قمیص گناہوں کی محنت اور جفاکشی کے پسینے سے بھیگ گئی ہے۔ وہ میری پیٹھ پر اپنا رنگ چھوڑ رہی ہے۔ نیلا دھبّہ روشنائی جیسا۔ ایک خفیہ خزانے کا نقشہ، نیلے پسینے سے میری پیٹھ پر ہمیشہ کے لیے گد گیا ہے۔ اسے رگڑ کر دھویا نہیں جاسکتا، وہ میری کمینی پیٹھ کا مقدر ہے۔ آنسو تھے جو اِس نیلے دھبّے کو دھو سکتے تھے مگر افسوس کہ وہ آنکھوں سے گرتے تھے اور سینے پر آکر ٹھہر جاتے تھے۔ وہ میری قامت کے برابر کے آنسو نہیں تھے۔ وہ پیٹھ پر نہیں جاتے تھے، پیٹھ پر آنکھیں کہاں۔ پیٹھ پر ہی اُس انجان اور گمشدہ زبان کے

حروف لکھے تھے جس میں یہ سارا نقشہ پوشیدہ تھا۔ میری آنکھوں نے نہ اِسے دیکھا نہ اسے دھویا۔ اسے صرف میری ریڑھ کی ہڈّی نے ایک سرد لہر کے ساتھ محسوس کیا۔ مجھے خوب معلوم ہے کہ ایک دن آئے گا جب ساری نفرتیں، ساری بے وفائیاں، آوارگیاں، شکایتیں اور ٹھوکریں گناہ کی ایک ٹھنڈی ریت میں دب کر اس مایوس کن خالی دنیا کے فنا ہونے کا نوحہ گائیں گی، مگر ایک جشن کی آواز کی نقل کرتے ہوئے، ایک پرانے ڈھول کی نقل کرتے ہوئے یہ جشن اور یہ ڈھول پرانے گناہوں کو روند کر اور کچل کر، انھیں ریزہ ریزہ کرکے اسی ریت سے نئے انسان کے نئے گناہ کی زرخیز مٹّی تشکیل کریں گے مگر میں۔ ایک حرامزادہ، گناہ کی اولاد، خوفناک ٹھوکر سے پچکا ہوا سر لیے، اپنے پائجامے کے نیفے میں اُڑسا ہوا وہ چاقو لیے لیے بھٹکوں گا جس سے مجھے اپنے باپ کو قتل کرنا ہے۔ میں نے اب بے حد تن دہی کے ساتھ جلد ہی یہ کام پورا کر دینے کا تہیہ کرلیا ہے، میں نے مکمل تیاری کر لی ہے۔ اپنی اَب تک کی گذاری ہوئی عمر اور وقت کو ایک پلڑے میں رکھ کر، دوسرے پلڑے میں میں نے اپنے باپ کے قتل کے وزن کے باٹ رکھ دیے ہیں۔ یہ سچ ہے کہ یہ باٹ بہت مکروہ قسم کے کالے رنگ کے ہیں اور دھول میں اَٹے ہوئے بھی، یہ گندے اور فحش باٹ جن پر کندہ وزن یا مقدار کے اعداد اور حروف کب کے مٹ چکے ہیں۔ یقیناً یہ بے ایمان باٹ ہیں۔ یہ میرے مقدّر، میرے وقت اور میری اُسی عمر سے بہت کم ہیں جو رحمِ مادر سے ہی شروع ہوگئی تھی۔ مگر انصاف کا سودا تو اَب اِن ہی باٹوں سے ہونا ہے۔ یہ بے ایمانی ہے اور کون جانے کہ کب ایمانداری کا ایک طاقتور غیبی ہاتھ قتل کے وزن کے اِن باٹوں کو رکھنے کے جرم میں مجھے جہنم میں پہنچا دے۔ مگر اب یہ ہو چکا ہے۔ میں نے قتل کے اِن کالے اور بوسیدہ باٹوں کو ترازو کے ایک پلڑے میں رکھ دیا ہے اور دوسرے میں خود بیٹھ گیا ہوں۔

OOO

موت کی کتاب | خالد جاوید |

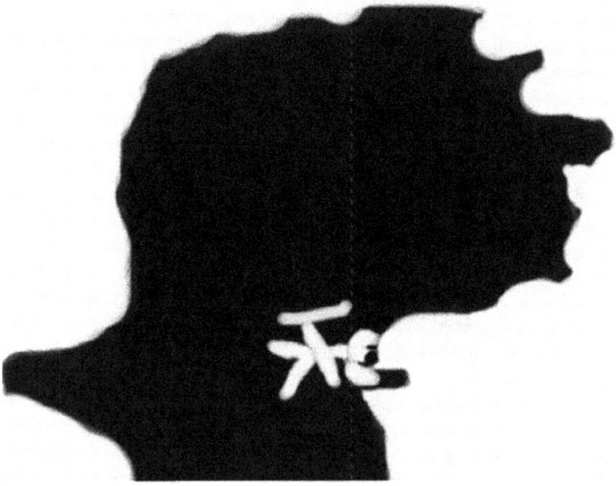

سولہواں ورق

شدید سردی کے دن آ رہے ہیں، زخم سے پیپ کی دوری ختم ہوتی جا رہی ہے۔ جلد ہی میں ایک قدِ آدم زخم کے اندر چلوں گا۔ مجھے صاف نظر آ رہا ہے کہ بس اب یہ ہونے ہی والا ہے۔ پس، مواد اور خون سے لتھڑا ہوا، بجبجاتے ہوئے ایک کیڑے کی طرح، ہاں یقیناً وہاں بہت بدبو ہوگی، مگر پھر بھی ایک نئی بدبو، آخر اس جنازے کو بھی کب تک سنبھالے رہوں جس کے بوجھ سے میرے کندھے سڑ گئے۔ بدبو تو وہاں سے بھی آتی ہے اور بغل میں گیلا پن اُتر آتا ہے۔ بایاں کاندھا بار بار اُتر جاتا ہے۔ اس لیے اچھا ہی ہے کہ زخم سے پس کی دوری ختم ہوئی میں نے اپنے چاقو کی دھار کو دن بھر تیز کیا ہے۔ کئی روز ایسے گذر گئے ہیں کہ مجھے ٹھنڈے پسینے اور چکّر نہیں آئے۔ آگہی کا راستہ کچھ کمینی اور بغض بھری دواؤں نے مسدود کر رکھا ہے۔ خودکشی کم گو ہوگئی ہے مگر وہ ہر وقت میری پیٹھ پر اس طرح بیٹھی رہتی ہے جیسے گھاس کے میدان میں گھومتے اور چرتے ہوئے کسی چوپایے پر کوّا۔

مجھے لگ رہا ہے جیسے میں ربڑ کے ایک ٹھنڈے غبّارے میں جا کر بیٹھ گیا ہوں۔ یہ ٹھنڈا غبارہ آہستہ آہستہ اوپر اُٹھتا ہے۔ میں بھی اوپر اُٹھتا ہوں۔ اوپر اور بھی اوپر۔ میں جمی ہوئی برف سے بنے ہوئے ایک اونچے، بلند سفید بادل کے اندر داخل ہو رہا ہوں۔ میں کچھ یاد کرنے سے قاصر ہوں۔ میرے دماغ کا سارا خون کوئی پی گیا ہے، میں بے ہوش ہو رہا ہوں؟ نہیں میں ہوش میں آ رہا ہوں۔ میں مدّتوں تک نیند میں چلتے رہنے کے بعد اب واپس آ رہا ہوں۔ میری بیوی اور باپ نے میرے

ہاتھ پیر باندھ کر لاتعداد نیلی گولیاں میرے منھ میں ٹھونس دی ہیں۔ یہی وہ گولیاں ہیں جن کو کھا کھا کر میں نے ایک عمر سوتے ہوئے گذار دی۔ میں نیند میں ہی چلتا رہا، نیند میں ہی ٹھوکریں کھاتا رہا۔ نیند کے بھبکے میرے منھ اور سر سے نکل نکل کر فرش پر پڑی ہوئی میری چپّلوں میں سماگئے۔ نیند سے شل میرے جسم کو کبھی پاخانے میں بند کیا گیا اور کبھی گھر کے اُس دور افتادہ چبوترے پر اُن پٹّوں سے باندھا گیا جہاں کبھی انھیں پٹّوں سے کتّے باندھے جاتے تھے۔ میں نے نیند میں اُسی برتن میں کھانا کھایا جو کتوں کے راتب کے لیے تھا۔ نیند میں، میں نے شوربے میں پڑی ساری ہڈیوں کو چبا ڈالا۔ نیند ہی میں، میں نے زرد ہاتھوں والی کو دیکھا کہ وہ رو رہی ہے اور اُس کے بعد اُس کے منھ سے اپنے لیے ماں کی گالی بھی سنی۔ میں نے ماں کی اُس ذلیل گالی کو ایک برتن کی طرح مانجھا۔ میں اِس برتن کو کب تک مانجھوں؟ دُکھ کے اِس ذلیل برتن میں سڑتی گلتی روٹی کی طرح جمی اور چپکی ہوئی میری برسوں پرانی روح۔

بس نیند ہی نیند تھی۔ اِس بے تحاشا نیند میں، میں نے اندھیری سنسان راتوں میں خدا اور شیطان کو اپنی اپنی روشنیوں میں، آپس میں لڑتے، بحث ومباحثہ کرتے اور پھر ٹھٹھّے مار کر ہنستے بھی دیکھا۔ اس کے بعد خدا اور شیطان دونوں سنجیدگی کے ساتھ مل کر کالے حروف سے موت کی کتاب لکھنے میں مشغول ہو گئے۔ کوئی فیصلہ نہ ہو سکا۔ کس نے کس کے لفظوں میں ڈنڈی ماردی۔ کس نے؟ نیند میں، میں یہ نہیں دیکھ سکا۔

بہت عرصہ تک، شاید کئی ہزار صدیوں تک نیند میں اِس طرح آگے بڑھتے رہنے کے بعد، اب مجھے یہ بھی معلوم ہو گیا ہے کہ میں تو لگا تار آگے بڑھتا گیا مگر اپنے پیچھے ایک گندا مٹیالا راستہ بھی چھوڑتا گیا۔ میں جہاں جہاں سے گذرا وہاں ایک گدلا نالا بنتا چلا گیا۔ دوبارہ کبھی واپس آؤں گا تو اس نالے کی جونکیں میری پنڈلیوں سے تمام خون چوس جائیں گی۔ میرا سیاہ سایہ نما بدن کالی دلدلوں میں غوطہ خوری کرنے کے لیے مجبور ہوگا۔ دلدل کے اندر کنول کے پتّے سڑتے ہیں، میرے جسم کا بخار اپنا

بھنور بنا کر کیچڑ کو دریا کی وسعت عطا کرتا ہے۔ میں اس کائی، کیچڑ بھرے پانی سے سن جاؤں گا اور وہ تمام منحوس جھاڑ جھنکار میرے سر، پیٹ اور پیٹھ سے چمٹے ہوں گے جو میری اپنی بے ہوشی اور نیند سے ہی پیدا ہوئے ہیں۔ واپسی کا سفر آسان نہ ہوگا۔

مگر میں واپس آرہا ہوں، اور وہ کالی لکیر مجھے صاف نظر آرہی ہے، میرے ہی بدنصیب پیروں سے بننے والی میرے ہی اُجاڑ پنجوں اور ایڑیوں سے رِستا ہوا وہ ــــــ سیاہ سیّال۔

میں نے اپنے پھیپھڑوں اور حلق سے پوری طاقت لگا کر، جسم کے اندر سمائی ہوئی تمام نیند کو ''آخ تھو'' کہہ کر باہر تھوک دیا ہے۔ مجھے اپنے اندر ایک دیوانی قوت کا پرمسرت احساس ہوا ہے۔ اب مجھے کوئی خوف نہیں، کوئی اندیشہ نہیں اور کوئی لحاظ نہیں۔ میں نے اُن جونکوں کو اپنے طاقتور ہاتھوں سے مسل ڈالا ہے۔ میں نے سارے جھاڑ جھنکار کو اپنے منھ سے نکلے ایک بخار کے بھپکے کے ذریعے ہوا میں دور اُڑا دیا ہے۔ میں غیظ وغضب سے بھرا ہوا ہوں۔ میں ایک شیر کو تلاش کر رہا ہوں جس کے جبڑے پر ایک وزنی مکّا رسید کر کے، میں اُس کے سارے دانت باہر نکال دینا چاہتا ہوں۔ میں بے حد طیش میں ہوں، ساری کائنات کو ایک کاغذ کے گلوب کی مانند میں انگلی پر لیے گھوم رہا ہوں۔ اُس حقیر خودکشی کو ایک مکھی کی طرح میں اپنی ناک پر بھی نہیں بیٹھنے دیتا۔ وہ بے شرم خود ہی میرے چاروں طرف بھنبھناتی گھوم رہی ہے۔ ایسے عالم میں اُس کی بھنبھناہٹ کو کون سنتا ہے۔

میں واپس آرہا ہوں، پہاڑ ہتھیلی پر اُٹھائے، زمین پر ٹھوکریں مارتا ہوا، رستم زماں کی طرح، زمین میرے پیروں کے نیچے بری طرح کانپ رہی ہے۔ میری طاقت مجھے خود سے بیگانہ بنا رہی ہے۔ اپنے آپ کو بیگانہ بنا لینے کے لیے میں صرف بولے جا رہا ہوں۔ میں ایک لگاتار چلنے والی بڑبڑ میں بدل چکا ہوں مگر میری زبان سے ادا ہونے والے لفظ سب کچھ جلا کر راکھ کر دینے والی، آگے بڑھتی ہوئی آگ کی آواز کی نمائندگی کر رہے ہیں۔ شعلوں کی طرح لپکتا ہوا ایک عظیم ذخیرۂ الفاظ میرے تالو اور حلق سے باہر آرہا ہے۔ میں لگاتار اور بے تکان بولے جا رہا ہوں۔

میرے ہاتھ میں وہ کھلا ہوا چاقو ہے جس کا پھل آج بہت چمکدار ہے۔ میں نے اپنے باپ کو لات مار کر زمین پر گرا دیا ہے۔ میں اُس کے سینے پر گھٹنے گڑا کر چڑھ بیٹھا ہوں۔ باپ کی کھچڑی داڑھی قابلِ رحم انداز میں بری طرح ہل رہی ہے اور آنکھیں خوف سے پھٹ گئی ہیں۔ میں اپنے عفریتی ہاتھ میں چاقو کو کس کر پکڑتا ہوں، میں وہ ہاتھ اوپر اُٹھاتا ہوں۔ بہت اوپر آسمان تک، تاکہ ایک ہی وار میں چاقو میرے باپ کے سینے میں پیوست ہو جائے۔ نہ جانے کہاں سے اتنا مجمع اکٹھا ہو گیا ہے۔ سب نے مل کر مجھے پکڑ لیا ہے۔ باپ زندہ بچ گیا ہے مگر بے بسی کے عالم میں وہ زمین پر مرتے ہوئے آدمی کی طرح ایڑیاں رگڑ رہا ہے۔ مگر خیر کوئی فرق نہیں پڑتا۔ میں دوبارہ وار کروں گا۔ میرا چاقو ایک خوفناک کڑکڑاہٹ کے ساتھ دوبارہ کھلے گا۔

دن اور رات میرے لیے ٹھہرتے جا رہے ہیں۔ کتنا وقت اِس عالمِ بے خودی اور عظیم سرشاری میں گذر گیا ہے مجھے یاد نہیں بس اتنا یاد ہے کہ میں پہلی بار زندہ پیدا ہوا ہوں۔

سخت سردی کے باوجود مجھے بے حد گرمی لگنے لگی ہے۔ میرا سارا بدن کھولتے پانی کا برتن بن گیا ہے جس میں میری ہڈیاں اُبل رہی ہیں۔ گرمی سے میرے جسم پر چیچک کے مواد بھرے دانے نکل آئے ہیں۔ میں نے اپنے کپڑے پھاڑ پھینک دیے۔ مجھے کوئی شرم نہیں۔ بے شرم تو یہ دنیا ہے، میرا باپ ہے، میری بیوی ہے، زرد ہاتھوں والی لڑکی ہے اور سامنے بجلی کے تاروں پر بیٹھا ہوا ایک کوّا ہے۔ میں ننگا گھوم رہا ہوں، اِن سب کے منھ میں پیشاب کرتا ہوا، میں نے اپنے باپ پر سینکڑوں قاتلانہ حملہ کیے ہیں، میرے چاقو نے اُس کے چہرے پر کئی خراشیں ڈال دی ہیں۔ اِن خراشوں پر اُس کی آنکھوں سے گرتے ہوئے آنسوؤں کے کھاری پن نے سوزش اور درد میں اضافہ کر دیا ہے۔ وہ چلّا رہا ہے۔ وہ ڈر رہا ہے۔ وہ مجھ سے ڈر کر بھاگ رہا ہے۔ میں ایک خوفناک سیلاب کی مانند آگے بڑھ رہا ہوں۔ میں اُس مٹّی کو روند رہا ہوں جس نے کبھی مجھے روندا تھا۔ میں نے ایک گدلے پانی کے پوکھر میں جھک کر ابھی اپنا چہرہ دیکھا ہے۔ یہ ایک ببر شیر کا چہرہ ہے۔ مجھے مباشرت کی شدید خواہش ہوئی ہے، میں کسی شیرنی سے مباشرت کرنا چاہتا ہوں۔ میری بیوی اور آس پاس کی عورتیں مجھے حقیر چوہیوں

کی مانند زمین پر رینگتی ہوئی نظر آتی ہیں۔ میں اِن ساری عورتوں کو اپنے وزنی پاؤں کے نیچے دیر تک دبانے کے بعد مار دینا چاہتا ہوں، پھر اُن کی چٹیوں کو ان کی دُموں کی طرح پکڑ کر نالی میں دور پھینک دینا چاہتا ہوں۔ میرے پیٹ میں بر ہمار اکشش آ کر بیٹھ گیا ہے۔ میری بھوک اب ختم نہیں ہوتی، میں ہر وقت کچھ نہ کچھ کھانا اور نگلنا چاہتا ہوں۔ میں کھا رہا ہوں، لاتعداد روٹیاں، سینکڑوں بوٹیاں نگل رہا ہوں۔ بڑی بڑی ہڈیاں چبا چبا کر اور چوس چوس کر میں نے گھر اور گلی کو پاٹ کر رکھ دیا ہے۔ میں کھائے ہی جا رہا ہوں، کہیں بھی، کسی بھی جگہ کسی بھی وقت، میں زمین پر لیٹ کر کھا رہا ہوں۔ میں پاخانے تک میں بیٹھ کر کھا رہا ہوں۔ میں سب کچھ کھا جانا چاہتا ہوں۔ انسانوں کو، جانوروں کو، درختوں کو اور دیواروں اور سڑکوں تک کو اپنے ببر شیر جیسے منھ میں بھر کر چیر پھاڑ کر اپنے پیٹ میں بھر لینا چاہتا ہوں۔ میں بے شمار گرگٹوں کو ہلاک کر رہا ہوں۔ وہ ٹپ ٹپ کر کے درختوں سے نیچے گر رہے ہیں۔ میں اُنھیں اپنے پیروں سے کچل رہا ہوں۔ ایک ایک گرگٹ کو مار کر میرے بدن میں ڈھائی چلّو خون بڑھتا جاتا ہے۔ میں تل کے ہرے بھرے کھیتوں کو تباہ کر رہا ہوں۔ میں تل کے اونچے اونچے ڈھیروں میں پوری طاقت کے ساتھ لوٹیں لگا رہا ہوں۔ اُن پر لاتیں مار رہا ہوں، میرے سارے بدن پر تل ہی تل چپٹے ہوئے ہیں۔ میرا ننگا جسم ان تلوں سے ڈھک گیا۔ میں کالے پانی کی باڑھ ہوں، میں آگے ہی بڑھتا جا رہا ہوں۔ اپنی باڑھ میں، میں سب بہا کر لے جاؤں گا۔ کتّوں کے راتب کے برتن، اُن کے پٹّے، رسّیاں، بجلی کے کھمبے اور میرے باپ کی لاش، سب باڑھ کے پانی میں بہیں گے۔ مکانوں کی بنیادیں ہل جائیں گی۔ پانی کی دہاڑ سے وہ ٹوٹ ٹوٹ کر گریں گے۔ میں اپنے اس مہیب کالے پانے کے ساتھ اب گلی کی نالیوں اور بدموریوں میں جھک رہا ہوں۔ میں گر رہا ہوں۔ میرا بے لباس جسم ان نالیوں میں اس طرح گرتا اور لڑھکتا ہے جیسے اُسے کوئی ٹھوکروں پر ٹھوکریں رسید کر رہا ہو۔ مگر مجھے معلوم ہے کہ میرے جسم پر یہ جو زخموں کے نشان ہیں اور جن سے خون نکل رہا ہے، یہ خود میری اپنی بہادری اور بے جگری کے ثبوت ہیں۔ اپنے اوپر یہ ٹھوکریں اور چوٹیں خود میرے ہی طاقتور ہاتھوں اور ہاتھی جیسے پیروں نے ماری ہیں۔ میرا غصّہ بڑھتا جا رہا ہے۔ میں جنون

کی انتہا پر پہنچ گیا ہوں۔ میں چاہتا ہوں کہ میرے راستے میں کوئی نہ آئے۔ میرے پیچھے کوئی نہ آئے۔ کوئی چیونٹی میرا تعاقب نہ کرے۔ کوئی پرندہ میرے سر پر نہ بولے، مگر میرے پیچھے ہاتھوں میں اینٹیں اور پتھر دبائے، شور مچاتے ہوئے گلی کے بچے چلے ہی آرہے ہیں۔ میں سونہیں پا رہا ہوں۔ میں اُس سوکھے کنویں کی منڈیر پر جاکر بیٹھ گیا ہوں جس کے بعد یہ گلی بند ہو جاتی ہے۔ میں نے کنویں میں جھانک کر زور زور سے آوازیں لگائی ہیں۔ اُس سفید شلوار والی لڑکی کو اور اُسی سفید رنگ کی بلّی کو بھی جسے محلّے والوں نے کچلا دے کر مار دیا تھا اور اِسی سوکھے کنویں میں پھینک دیا تھا۔ افسوس کہ کنواں اب گھورے سے بند ہو چکا تھا۔ گھورا کنویں کی منڈیر تک آپہنچا تھا۔ میں سونہیں پا رہا ہوں۔ میری نیند میرے غیظ و غضب سے ڈر گئی ہے۔ اس لیے میں سڑک کے کنارے پڑے آوارہ اور لاوارث کتوں کے ساتھ جا کر لیٹ گیا ہوں۔ میں اُن کتوں کی چوکنّی نیند اپنے جسم میں داخل کر کے سو جانا چاہتا ہوں۔ بچوں کے پتھّر وہاں بھی آ کر گرتے ہیں۔ کتے چیخ کر مجھے ہی بھنبھوڑ لینا چاہتے ہیں۔ میں اِن کتوں میں سے ایک کی ٹانگیں پکڑ کر بے دردی کے ساتھ چیر دیتا ہوں۔ درندے کی طرح۔

میں نے اِسے پہچان لیا ہے۔ یہ کتا وہی کتّا ہے جو بارش کی ایک اندھیری رات میں ایک خستہ حال کھپریل کے نیچے بندھا ہوا تھا۔ کھپریل سے گرتے ہوئے پانی میں بھیگ بھیگ کر یہ جھرجھریاں لے رہا تھا۔ اس کتّے نے، اُس رات بارش کی کیچڑ میں درد اور تکلیف سے لوٹیں لگاتی اور پانی سے بھیگتی اُس معصوم لڑکی کی سفید شلوار میں بھرے خون اور گوشت کے چیتھڑوں کو سونگھا تھا۔ اور اُن پر بدنیتی کے ساتھ اِس طرح جھپٹ پڑا تھا، جیسے کوئی درندہ اپنے شکار پر جھپٹتا ہے۔

آج میں نے اِس کتّے کی ٹانگیں چیر کر پھینک دی ہیں۔

بچّے پتّھر لیے چلے آرہے ہیں۔ مجھے ان کیڑوں سے نفرت ہے۔ سب بچوں کا ہی کیا دھرا ہے۔ یہ سوائے پیدا ہونے اور لطف میں خلل ڈالنے کے اور کچھ نہیں جانتے۔ میں ان بچوں کے سروں پر ابھی زبردست ٹھوکریں رسید کروں گا اور ان کے سر پچک کر رہ جائیں گے۔ بچوں کی ایسی کی تیسی، عورتوں کی ایسی کی تیسی، دنیا کی ایسی کی تیسی، میں بھاگتا ہوا گھر میں داخل ہوا ہوں۔ میں نے گھر کے

کباڑ خانے میں مدتوں سے خاک اور دھول میں خاموش پڑے ڈھول کو اُٹھایا ہے اور اُسے زور زور سے بجانا شروع کر دیا ہے۔ میں نے اپنے مادرزاد برہنہ جسم کے گلے میں ڈھول لٹکا لیا ہے اور اَب گلیوں گلیوں اُسے پیٹتا پھر رہا ہوں۔ مجھے صرف ماں کی یاد آ رہی ہے۔ میں دوبارہ اُسی کے پیٹ میں چلا جانا چاہتا ہوں۔ میں سڑکوں پر، نالیوں میں لیٹ کر اور لوٹ لوٹ کر ڈھول بجائے جا رہا ہوں۔ میں ایک طاقت ور بے ہوشی کے عالم میں گا رہا ہوں۔ میں کوئی راگ نہیں گا رہا ہوں۔ میں اس راگ کے ذریعے اپنے آپ کو گا رہا ہوں، میری آواز اور میرے گیت کی دہاڑ کو کون نہیں سنتا؟

میں قصائی کی دوکان میں گھس گیا ہوں۔ وہاں پڑی ساری ہڈیاں اپنے سر پر مار کر اُسے لہولہان کر رہا ہوں۔ یہ میرا اَب کچھ بگاڑ سکتیں۔ میں کچّے گوشت کی بوٹیاں چیل کوؤں کو کھلانے کے لیے آسمان میں اُچھال رہا ہوں۔ میں آسمان کی طرف دیکھ کر پکار رہا ہوں۔ 'انڈے بچوں والی چیل چلو، انڈے بچوں والی چیل چلو۔ او۔ او' نہیں، میں کسی کو مدد کے لیے نہیں پکار رہا ہوں۔ میں تو اِس خالی دنیا کو للکار رہا ہوں۔ میں غصّے سے بپھرے ہوئے ہاتھی کی طرح چنگھاڑ رہا ہوں کہ وہ خالی دنیا آئے اور میرے ساتھ گائے۔ میری آواز سے آواز ملائے، اور آسمان میں چیل کوّوں کو پکارے کیونکہ اگر اِس دنیا کا خالق کبھی کوئی تھا تو اب دنیا کے سر پر ٹھوکر مار کر کہیں اور چلا گیا ہے اور شیاطین کے ساتھ 'موت کی کتاب' کے جملہ حقوق کے مسئلے پر حجت اور جھگڑے میں مشغول ہے۔

بچوں نے مجھے بے تحاشا پتّھر مارے ہیں۔ میرا سارا جسم زخموں سے چور چور ہو رہا ہے۔ میں سڑک پر تھوکتے جا رہا ہوں۔ میرے تھوک سے کولتار کی کالی سڑک سفید ہوگئی ہے۔ میں ہر آتے جاتے آدمی کی پیٹھ پر اپنے دانتوں سے کاٹ رہا ہوں۔ مجھے علم ہے کہ میرے منھ میں ایک دانت سڑ رہا ہے، مگر میں خود بھی تو ایک دیو قامت، مگر سڑتے ہوئے دانت میں کیڑے کی طرح لگ گیا ہوں۔ میں رینگ رہا ہوں۔ اپنے زہر سے اُس دانت کو بالکل ہی سیاہ اور کھوکھلا کر دینے کے لیے۔

پتہ نہیں میں نے کب سے کھانا نہیں کھایا۔ سڑک کنارے بھکاریوں کی طرح دونوں ہاتھ پھیلائے میں روٹی مانگ رہا ہوں۔ میں بہت بھوکا ہوں، مجھے بہت بھوک لگی ہے۔ ایک سمت سے

ہزاروں بچے ہاتھوں میں پتّھر سنبھالے میرے قریب آتے جارہے ہیں۔ دوسری سمت سے گلی کے لوگ میری طرف خطرناک ارادوں سے آگے بڑھ رہے ہیں۔ میں اِس بھیڑ میں اپنے باپ کو سب سے آگے دیکھتا ہوں۔ اور اپنے برہنہ جسم پر اپنا چاقو ٹٹولنے لگتا ہوں میں اپنی کھال کے اندر پوشیدہ اُس پرانے چاقو کو باہر نکالنا چاہتا ہوں، چاقو نہیں ملتا۔ مایوس ہو کر میں نے اپنی آنکھوں کی کیچڑ کو انگلی سے صاف کیا ہے اور اوپر آسمان کی جانب نظر اُٹھائی ہے۔ وہاں زرد غبار چھایا ہوا ہے اور بے شمار چیلیں اُڑ رہی ہیں۔

گلی کے دونوں سروں پر، اور اوپر آسمان پر بھی میری ناکہ بندی ہو چکی ہے۔ شائیں شائیں کرتی ہوئی رسّیاں اور چھن چھن کرتی ہوئی زنجیریں میری طرف، میرے قریب اس طرح آرہی ہیں جیسے پرچھائیاں آگے بڑھتی ہیں۔

وہ سب مل کر مجھے گھیر رہے ہیں، زمانہ ایک شیرِ ببر کا ہانکا کر رہا ہے۔

میری دونوں آنکھوں سے خون بہہ کر میری داڑھی میں جذب ہو گیا۔ دور، شاید کہیں سورج ڈوب گیا۔ شام سی لگ رہی ہے۔ میں ایک کٹگھرے میں بند غرّا رہا ہوں۔ میں کٹ گھرے کی سلاخوں پر اپنا سر مار رہا ہوں۔

OOO

سترہواں ورق

کٹگھرے میں پہیے لگ گئے، کٹگھرہ تنگ گلیوں سے نکلتا ہوا، بچوں کے شور کو پیچھے چھوڑتا ہوا کشادہ سڑکوں پر نکل آیا ہے۔ وہ شہر سے دور ایک سڑک پر سے گزر رہا ہے۔ ابھی کچھ دیر پہلے کٹ گھرہ اُدھر سے بھی ہوتا ہوا گیا تھا جہاں زرد ہاتھوں والی کا سفید مکان تھا۔ جس طرح کوئی کتّا اپنے مالک کے قدموں کی آہٹ دور سے پہچان لیتا ہے، اُسی طرح میں نے اُس کی گالی سن لی تھی۔ وہ مجھے ماں کی گالی دے رہی تھی۔ 'حرامی! اپنی ماں کے ساتھ برا کام کرنے والا' وہ جو میرا جھوٹا کھانا تبرک سمجھ کر کھاتی تھی اور گھر سے رخصت کرنے سے پہلے میرے اوپر سلامتی کی دُعائیں پڑھ پڑھ کر پھونکتی تھی۔ وہ ابھی ابھی مجھے کوس رہی تھی، محبت؟ محبت ناک پر رومال رکھ کر مجھ سے دور بھاگ رہی تھی۔ میں نے اپنی آنکھوں سے دیکھا ہے، اُس نے اپنی چھت پر کھڑے ہوکر میری جانب ایک سفید نکیلی ہڈّی پوری طاقت کے ساتھ پھینکی ہے۔

کٹگھرہ اب ایک کچّی سڑک پر آکر جھٹکے کھا رہا ہے۔ میں اِن جھٹکوں سے لوہے کے ہلتے فرش پر بار بار گرتا ہوں۔ پھر اُٹھتا ہوں۔ میرے باپ نے میری بند مٹّھی کو زبردستی کھول کر ساری مونگ پھلیاں چھین لی ہیں۔ ماں اُس سے لڑ رہی ہے اور ڈھول بجا رہی ہے۔ میرے چاروں طرف بلیک آؤٹ کا اندھیرا چھانے لگا۔ بوسیدہ اور ٹھنڈی اس ایک فوجی وردی کو ایک تاریک روشندان سے نیچے پھینک دیا گیا ہے، اندھیرا فائروں کی آواز سے دہل اُٹھا ہے۔ کٹگھرہ شہر کی سرحد پر آپہنچا ہے۔ اُس

اونچے مٹّی کے ٹیلے کے پاس جس کے عقب میں لاوارث جنگلی قیدیوں کی قبریں ہیں۔ ٹیلے پر مجھے ماں دکھائی دیتی ہے۔ پھر غائب ہو جاتی ہے۔ پھر نظر آتی ہے۔ پھر غائب ہو جاتی ہے۔ ماں ایک نقطے میں گھٹ کر آہستہ آہستہ معدوم ہو جاتی ہے۔

کٹگھرہ ایک کالی، مہیب دیوار کے پاس جا کر رُکتا ہے۔ دور تک ویرانی ہے۔ گھنے درختوں کے بھوت سائے اپنی ہی ہوا میں جھومے جا رہے ہیں۔ مجھے ایک بھیانک جھٹکا محسوس ہوتا ہے۔ میں ایک بار پھر اُسی ہولناک نیند کی خندق میں گر رہا ہوں۔ میں کٹگھرے کی سیاہ سلاخیں تھامے تھامے سو گیا ہوں۔

OOO

موت کی کتاب | خالد جاوید |

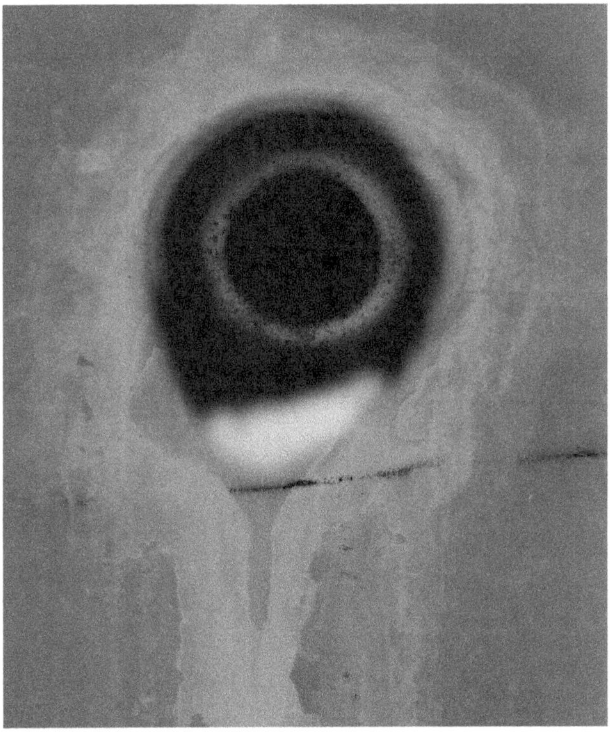

اٹھارہواں ورق

اب کوئی مسئلہ رہ گیا ہے تو وہ بجلی کی ترنگ کا ہے، میں شاید جلّاد کی کرسی پر چاروں ہاتھ پیر بندھوا کر بٹھا دیا گیا ہوں۔ میرے سر اور کانوں کو ایک بدنما کنٹوپ سے ڈھک دیا گیا ہے۔ یہ میری سزائے موت ہے جس کا اندراج کتاب میں کئی جنم پہلے ہو چکا تھا۔ 'موت کی کتاب' میں خوردبین کے ذریعے میرا نام اَب پڑھ لیا گیا ہے، یہ نام کرموں کے اُن لگاتار بہتے ہوئے سنسکاروں نے گڑھا ہے جن پر خود میرا کوئی اختیار نہ تھا۔ میرے سارے اعمال اور سارے گناہ میرے جنم لینے سے پہلے ہی میرے تعاقب میں تھے۔

تو آج فیصلے کو پورا کرنے کا دن ہے۔ اب بھسم ہو کر، اِسی کرسی پر کوئلہ بن جانا ہی میرا مقدر ہے۔ تو اِس سے کیا فرق پڑتا تھا کہ بجلی کی یہ ترنگ سیدھی لکیر میں جلاد کی کرسی تک آتی تھی یا اوپر نیچے، برابر کے خطوط بناتی اور بل کھاتی۔ یہ پانی سے بننے والی بجلی تھی یا کوئلے سے، جوار بھاٹا سے یا ہوا سے، مگر پھر بھی میری خواہش ہے کہ یہ ہوا سے بنائی گئی بجلی ہو تو اچھا تھا۔

یہ بہت شدید جھٹکے ہیں، میں زور زور سے چیخ رہا ہوں، مگر میرے ہونٹوں پر پلاسٹک کی چوڑی پٹّی بندھی ہے۔ اِن جھٹکوں سے میری آنتیں اُچھل اُچھل کر حلق میں آنے لگی ہیں۔ میرا پیشاب خطا ہو گیا ہے۔ میں ایک زلزلے کی زد میں آ گیا ہوں۔ میری ہڈّیاں اپنی جگہ چھوڑ رہی ہیں۔ وہ ایک دوسرے سے الگ ہو رہی ہیں۔ میری آنکھیں حلقوں سے باہر آ گئیں۔ جھٹکے، جھٹکے ختم نہیں ہوتے، اِن

جھٹکوں کی اذیت کو میری روح برداشت نہیں کرسکتی۔ وہ میرے جسم کو اِس کرسی پر یونہی بندھا چھوڑ کر خود اس سے نکل کر دور بھاگ جانا چاہتی ہے۔ میری روح اب فرار ہونا چاہتی ہے۔

مجھے نہیں پتہ کہ میں زندہ ہوں یا مر چکا ہوں۔ مگر اب اُس کرسی پر نہیں ہوں۔ بجلی کے جھٹکے اب نہیں آرہے ہیں۔ شاید میرے باپ نے مجھے محلّے کی گلی میں نصب اُس بجلی کے لوہے کے کھمبے سے آزاد کردیا ہے۔ میں ایک تنگ وتاریک کوٹھری میں ایک بیمار اور تھکے ہوئے چوپائے کی طرح زبان باہر نکالے پڑا ہوں۔ ایک کونے میں چند روٹیاں اور ایک کٹوری میں کوئی دال یا سالن ہے، مگر میں اِس میں منھ نہیں ڈال سکتا۔ بھوک اور کھانا اب میرے لیے نہیں ہیں۔

کتنا زمانہ گذر گیا، مجھے کچھ نہیں پتہ۔ کبھی مدّتوں تک میری آنکھوں کے سامنے دن ہی نکلا رہتا ہے۔ اور کبھی صرف تاریکی چھائی رہتی ہے۔ دن رات ہونے کے میرے لیے کوئی معنی نہیں رہے ہیں۔ پھر بھی کبھی کبھی مجھے یہ موہوم سا احساس ضرور ہوتا ہے کہ ان اونچی کالی دیواروں کے اندر میرا بڑھاپا آپہنچا۔ ہر روز جلاد کی کرسی پر بیٹھنے اور سزاے موت سے لگاتار دوچار ہونے کی مجھے عادت پڑ چکی ہے۔ ان بجلی کے جھٹکوں سے میں مانوس ہو چلا ہوں۔ میں اب تڑپ تڑپ کر چیخیں نہیں مارتا۔ میرا خون اِس زہر کا عادی ہو چکا ہے، جس طرح طویل مدت تک کوئی خطرناک نشہ استعمال کرنے کے بعد خون اِس کا عادی ہو جاتا ہے۔ بجلی کے ان جھٹکوں نے میرے خون کی ساری گرمی چوس لی ہے۔ جسم کے اندر دوڑنے والا میرا خون بدل چکا ہے۔ دِل ایک نچڑے ہوئے تولیے کی طرح الگنی پر اکیلا لٹکا ہوا، ہوا میں آہستہ آہستہ کانپتا اور ہلتا رہتا ہے۔ یہ ایک ہیبت ناک مقام ہے۔ یہ عمارت میلوں کے رقبے میں پھیلی ہوئی ہے، کالی، ڈراؤنی اور اونچی اونچی دیواروں سے چاروں طرف گھری ہوئی دیواروں کی منڈیروں پر جنگلی گھاس اُگ آئی ہے۔ دیواروں کے باہر اُسی طرف کوئی شاہراہ ہوگی جہاں سے ہر وقت لاریاں اور ٹرک گذرتے رہنے کی آوازیں آتی رہتی ہیں۔ یہ آوازیں رات میں بہت طویل ہو جاتی ہیں۔ اِن سے خوف محسوس ہوتا ہے، یوکلپٹس کے درخت ایک قطار میں اپنے

اونچے سر لیے اِن دیواروں کے اوپر سے اندر جھانکتے رہتے ہیں۔ منڈیروں سے درختوں پر اور درختوں سے منڈیروں پر دن بھر بندر کودتے رہتے ہیں۔ اور رات میں آوارہ بلّیاں ان پر بیٹھ کر روتی ہیں۔

اس منحوس عمارت میں چاروں طرف طویل طویل راہداریاں نظر آتی ہیں۔ یہ تاریک راہداریاں جن میں انسانوں کی شکل کے بھوتوں اور چڑیلوں کے مسکن ہیں۔ کبھی یہ سب مل کر بے وجہ چیخ چیخ کر روتے ہیں اور کبھی اس طرح قہقہے لگانا شروع کر دیتے ہیں کہ آسمان پھٹ جاتا ہے۔ پھر ایسا بھی ہوتا ہے کہ یہ تنگ و تاریک اور سیلن زدہ کوٹھریاں اور راہداریاں قبرستان کی مانند خاموش ہو جاتی ہیں۔ اکّا دُکّا جلتی ہوئی روشنیوں میں اِن سب کے سائے آپس میں گڈمڈ ہو جاتے ہیں اور ہولناک شبیہیں دیواروں پر منڈلانے لگتی ہیں۔ اکثر یہ مہیب اور خطرناک گلیارے نادیدہ قدموں کی چاپ سے گونج اُٹھتے ہیں۔ کچھ لوگ ہیں جو دن رات یہاں جیسے اِن بھوتوں کی رکھوالی اور چوکیداری کرتے رہتے ہیں۔ تھوڑے فاصلے پر چھوٹے چھوٹے سے بدرنگ قسم کے اور خستہ حال کوارٹر قطار سے بنے ہوئے ہیں۔ یہاں سے اکثر کسی دھندلے لیمپ کی روشنی اور ایک اسٹوو کے بھربھرا کر جلنے کی آواز آتی ہے۔ یہ افسردہ سی آواز سناّٹے کو اور بھی زیادہ دبیز کر دیتی ہے۔ آدھی رات کو کہیں دور لکڑبگھوں کی ہنسی سنائی دیتی ہے اور نہ جانے کہاں دُبک کر ایک اُلّو بھی اپنی پراسرار اور مہلک بولی بولتا ہے۔ مگر پھر یہ تمام آوازیں باہر سنسان سڑک پر کسی گذرتے ہوئے ٹرک کی وحشت زدہ آوازوں میں دب کر رہ جاتی ہیں۔ کوئی دن ایسا بھی ہوتا ہے جب ان گلیاروں میں پتلی پتلی روٹیوں کے ڈھیر لگ جاتے ہیں اور بدرنگ بالٹیوں میں پتلی اور پیلی دال بھر کر رکھ دی جاتی ہے۔ کبھی تو وہ سب ان پر ٹوٹ پڑتے ہیں۔ روٹیاں اور دال ایک دوسرے کے اوپر پھینکتے ہیں اور کبھی اِن کی طرف اپنا منھ بھی نہیں کرتے۔

تقریباً ہر روز اِن انسان نما بھوتوں کو بے لباس کر کے بہت بے دردی کے ساتھ کوڑے سے مارا جاتا ہے۔ ٹھوکروں سے اِن کا سر کچل کر رکھ دیا جاتا ہے۔

دیوار کے اُس پار سے کوئی اِن سے ملنے یا بات چیت کرنے نہیں آتا۔ اِن گندی، غلیظ اور

اندھیری کوٹھریوں میں جو بھی داخل ہوتا ہے وہ انھیں بری طرح مارنے پیٹنے کے لیے آتا ہے۔ وہ سب مار کھانے پر زور زور سے ہنستے ہیں۔ ٹھوکروں کی زد میں آئے ہوئے اُن کے جسم زمین پر بے تحاشا ہنستے ہوئے لوٹیں لگاتے ہیں پھر اِس طرح خاموش ہو جاتے ہیں جیسے کفن میں لپٹے ہوئے مردے۔ یہ مردے کالی دیوار کے نیچے بنے ہوئے سنڈاسوں میں منھ ڈال کر باہر جھانکتے ہیں جہاں انھیں درختوں کے سالخوردہ تنوں کے علاوہ اور کچھ نہیں نظر آتا۔ یا شاید ٹرکوں کے گھومتے ہوئے کالے پہیے۔

یہ سب میرے ساتھی ہیں۔ میرے دوست، میرے لیے اجنبی ہونے کے باوجود یہ میرے جیسے ہی ہیں۔ اب مجھے یقین ہو گیا ہے کہ ایک نہ ایک دن ہر شخص کو اپنے جیسے لوگوں کے ساتھ جا کر ملنا ہی ہوتا ہے۔ مقدر کا لکھا بہر حال ہو کر رہتا ہے۔ یہاں ہر شخص کی خودکشی اُس کی مٹھی میں بند ہے۔ سب اپنا ہمزاد ساتھ لیے گھوم رہے ہیں اور اکثر اُسی کے کہنے پر اُس سمت نکل جاتے ہیں، وہ ان سیاہ دیواروں پر چڑھ کر وہاں سے موت کی چھلانگ لگا دیتے ہیں۔ اُن کی لاشوں کو لینے کوئی نہیں آتا۔ چیل کوّے اور گدھ بھی نہیں۔ وہ غائب ہو جاتی ہیں۔ اپنی خودکشی سمیت ہر منظر سے ندارد۔ ایسے وقت، میری پھٹی ہوئی جیب میں بیٹھی خودکشی مجھے فاتحانہ نظروں سے دیکھتی ہے۔ میں اُس کی نظروں کی تاب نہ لا کر خود ہی خاموشی کے ساتھ جلاد کی کرسی پر جا کر بیٹھ جاتا ہوں۔ اُس کرسی پر بیٹھ کر میں نے سارے اعترافات کر لیے ہیں۔ اپنے سارے گناہ قبول کر لیے ہیں۔ یہ میری اعترافاتِ جرم والی کرسی ہے اور اب میں اپنی سزا پانے کے لیے جلاّد کے لہراتے ہوئے کوڑے کے اندر جا رہا ہوں۔ بجلی کے جھٹکوں کے بعد اب مجھے نیند آ رہی ہے۔ یہ نیند وہ نہیں جو اندر سے پیدا ہوئی ہے۔ یہ باہر سے داخل ہوئی ہے۔ یہ نیند بے ہوشی کا ایک ذلیل اور فحش انجکشن ہے یا کلوروفارم میں ڈوبا ایک کینہ پرور گندا رومال۔

اب میں خاموش کرسی سے اُٹھ کر لڑکھڑاتا ہوا اپنی کوٹھری کی طرف بڑھ رہا ہوں۔ میرے سر پر نیند کا بھاری زنگ آلود صندوق ہے جس کے پیندے میں لگی ہوئی کیلیں میرے سر کے اُس حصے پر چبھتی ہیں جہاں میری یادداشت دفن ہے۔ میں نیند میں پیشاب کر رہا ہوں۔ نیند میں کیا گیا پیشاب

خواب میں کیے گیے پیشاب کی طرح ہوتا ہے۔ اِس پیشاب کے ساتھ ساتھ نیند کی کھراند بھی اندھیرے فرش پر پھیلتی جاتی ہے۔ میرے خواب بھی ہمیشہ اِسی قسم کے رہے، وہ زیادہ تر ویران مکانوں کے قدمچوں سے ہوکر گذرے۔

بجلی کے اِن جھٹکوں کو تواتر کے ساتھ سہنے کے بعد اِن دنوں میں بالکل خاموش ہو گیا ہوں۔ خاموشی کا وہ بیج جسے میں کافی عرصے سے اپنے اندر پڑا ہوا محسوس کرتا تھا، وہ اَب ایک گھنا درخت بن گیا ہے۔ مجھے ایسا محسوس ہوتا ہے جیسے میں کسی اجنبی سیّارے کی مٹّی کو چھو کر واپس آیا ہوں۔ اِس لیے اَب میں گونگا ہو چکا ہوں۔ میرے منھ میں میری زبان سوکھ کر اِتنی چھوٹی ہوگئی ہے کہ میں اُس سے اپنے پھٹے ہوئے خشک ہونٹ بھی تر نہیں کر سکتا۔ میرے جبڑے، میرا تالو اور میرا حلق منجمد ہو گئے ہیں۔ یہاں سے کوئی لفظ نہیں پھوٹتا۔ کوئی آواز نہیں پیدا ہوتی۔ کھنکارنے تک کی نہیں۔ ایک بھیانک سنّاٹا میری آنتوں اور سینے اور گلے میں آکر بیٹھ گیا ہے۔ مگر خاموشی مجھ پر اپنے اسرار منکشف کر رہی ہے۔ یہ خاموشی کاغذ پر لکھی ہوئی ایک موسیقی کی مانند ہے۔ کاغذ پر لکھی ہوئی موسیقی کے کیا معنی ہیں؟ اِسے تو میرے سر سے نکل کر ہوا میں نشر ہونا چاہیے تھا۔ یا میرے جوتوں کے تلے سے پاتال میں۔ مگر کاغذ پر لکھی ہوئی اِس خاموش سمفنی نے میری پشت پر میرے حافظے کا بیچا جیسا چہرہ چسپاں کر دیا ہے۔ مجھے اپنے دل پر کسی دور آباد جزیرے کی کٹتی ہوئی مٹّی گرتی ہوئی محسوس ہوئی ہے۔ مجھے واضح طور پر یہ احساس ہو رہا ہے کہ آج شاید ساری عمر گذر جانے کے بعد میرا وہ زیرآب جزیرہ آہستہ آہستہ اُبھر کر اوپر آ رہا ہے۔ مجھے ایک بہت پرانی نیند آنے لگی۔ بچوں جیسی نیند میں سہم گیا ہوں۔ ایک سیلی ہوئی گندی چادر میں، میں نے اپنا منھ ڈھانپ لیا ہے۔ میں فرش پر نیند سے بے قابو ہو کر گر پڑا ہوں۔ میں سو رہا ہوں۔ میری آنکھ میں روشنی آ رہی ہے۔ دیوار ہے اور دیوار میں ایک درار ہے۔ درار سے ایک میلی سی روشنی نکل رہی ہے جو کوڑا جلاتی ہوئی آگ سے پیدا ہوتی ہے۔ لگتا ہے دور آسمانوں میں کہیں سورج کو گرہن لگ رہا ہے۔ ہر روشنی میں ایک کالی چھایا موجود رہتی ہے۔ سورج گرہن

کے خطرناک وقت پر سورج کا وہ حصہ جس پر گرہن نہیں لگتا اور جو روشن رہتا ہے، وہ حصہ شاید اُس اداس اور بدنصیب حصے سے زیادہ خطرناک ہو جاتا ہے جس پر اندھیرا چھا گیا ہے۔ انسان اگر ننگی آنکھ سے اِس آدھے روشن سورج کو دیکھ لے تو اندھا ہو جائے۔ کیونکہ اُس کی آنکھ میں وہ کالی چھایا ہمیشہ کے لیے آ کر بیٹھ جاتی ہے۔ یہ کالی چھایا سورج کے اُس حصے کے ٹھیک برابر کی ہوتی ہے جس پر گرہن نہیں لگا۔ میں اپنی روشن آنکھ میں اِس کالی چھایا کو صاف دیکھ رہا ہوں۔ زمین کے نیچے تنہا پانی کی طرح کوئی ہے جو مجھ تک پہنچ رہا ہے۔

میرا باپ میری ماں کو زبردستی پکڑ کر بستر کی طرف کھینچ رہا ہے۔ 'نہیں، نہیں اب نہیں۔' ماں کی آواز میں گھبراہٹ ہے، مگر باپ نے اُسے بستر پر گرا دیا ہے۔

'نہیں، یہ مت کرو، اب یہ نہیں ہو سکتا۔' ماں کی کانپتی ہوئی آواز آتی ہے۔ باپ اُس پر ایک قدِ آدم خنجر کی پرچھائیں بن کر جھکا۔ خنجر ماں کے سارے کپڑے ایک سفّاک آواز کے ساتھ چیرتا ہوا اُسے بے لباس کر رہا ہے۔ ماں کا پیٹ بہت خوبصورت اور پاکیزہ انداز میں پھولا ہوا ہے۔ وہ ہر طرف سے گول گول ہو رہی ہے۔ اُس کے جسم میں کہیں کسی ہڈّی کا نام و نشان بھی نظر نہیں آتا۔ اُس کے گول، بھاری اور خوبصورت جسم سے دودھ کی خوشبو اُٹھ رہی ہے۔

'نہ۔۔۔ نہیں، خدا کے لیے، اپنے بچے کا خیال کرو۔ آٹھواں مہینہ چل رہا ہے۔ نہیں یہ گناہ ہے، گناہ ہے، گناہ۔' کسی وزنی ملبے کے نیچے سے ماں کی دبی کچلی آواز نکلتی ہے۔

میرے چاروں طرف پھیلے مہربان اور شانت اندھیرے میں کچھ پُراسرار سی ہلچل پیدا ہوئی۔ میرے سر کے قریب اندھیرے کا ایک ٹکڑا زلزلے کی زد میں آ گیا ہے۔ اندھیرا بری طرح ہل رہا ہے۔ اندھیرا اپنی بنیادیں چھوڑ رہا ہے۔ میں ایک ناقابلِ فہم بے چینی سے دوچار ہوں۔ میں کون ہوں؟ میں کہاں ہوں؟ عدم اور کائنات کے درمیان، اپنے وقت سے بہت پہلے ہی میں اپنے شعور کے بہاؤ میں ایک اذیت ناک اضافہ محسوس کرتا ہوں۔ میرے سوتے ہوئے حواسِ خمسہ اچانک کسی تکلیف سے جاگ گیے ہیں۔ میں ہلتے ہوئے اِس اندھیرے میں اپنے سر پر مردہ مچھلیوں کی سی

سڑاندھ محسوس کرتا ہوں۔ میرا جی بری طرح گھبرانے اور متلانے لگتا ہے۔ میں خود کو برف کے ایک خاموش تولیے میں لپٹا ہوا محسوس کرتا ہوں۔

اور تب یکایک میرے کمزور سر پر ایک وزنی، بھیانک، سیاہ اور فحش ٹھوکر پڑتی ہے۔ میں ناقابلِ برداشت درد کا شکار ہو کر اندھیرے میں پھوٹ پھوٹ کر رونے لگا ہوں۔ میرا پورا سر کیچڑ، خون اور مادّہ منویہ سے گیلا ہو گیا۔ بدبو اور تکلیف کی شدت سے میں سکتے میں آ گیا ہوں۔ مجھے چکر آ رہے ہیں، مگر اُس دھمک کے صدمے سے میں ہل ڈل بھی نہیں سکتا۔ اب تو میں رو بھی نہیں سکتا۔ میں رو نہیں پا رہا ہوں۔ اپنا ہوش کھو رہا ہوں۔ میں مر رہا ہوں، نہیں میں یہیں اِسی اندھے مقام سے ہوش سنبھال رہا ہوں۔ اپنی ہمزاد خودکشی کو میں نے اندھیرے کی اِس دیوار سے دریافت کیا۔ اور اِسی لمحے سے اُسے اپنے شعور میں شامل کیا۔ اب میں واقعی مر جانا چاہتا ہوں۔ میں اِس مہربان تاریک جنت میں دم توڑ دینا چاہتا ہوں۔ مجھے سخت پسینہ آ رہا ہے۔ خون سے لتھڑا ہوا پسینہ، خون کی بو میرے پسینے کے ایک ایک قطرے میں شامل ہو گئی ہے۔ میں جینے کا ارادہ ترک کر رہا ہوں۔ میں اپنی صدیوں پرانی ناآسودہ خواہشات کا دامن چھوڑنا چاہتا ہوں جن کی وجہ سے مجھے اس اندھیرے میں آنا پڑا۔ مگر اب میں اِس سے باہر نہیں جانا چاہتا۔ میں واپس عدم میں لوٹ جانا چاہتا ہوں۔ ایک کالی چھایا میری آنکھ کے اندر آ کر بیٹھ جاتی ہے۔ میں نے 'موت کی کتاب' میں شامل کرنے کے لیے خدا اور شیطان دونوں کو اپنے سوانحی کوائف سونپ دیے۔

OOO

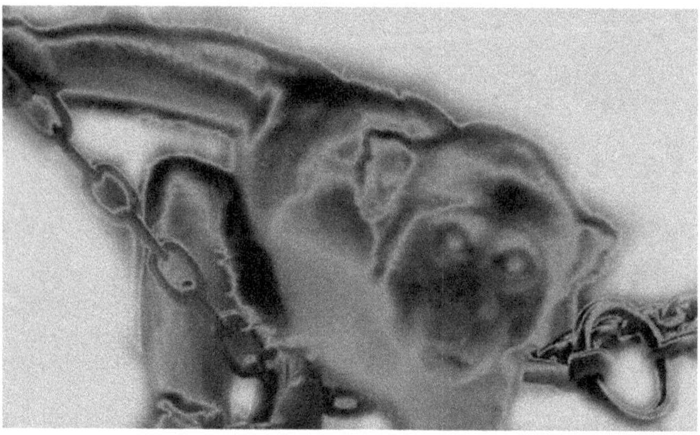

اُنیسواں ورق

روشنی سے آلودہ کیچڑ اپنی آنکھوں سے صاف کرتے ہوئے میں نے چادر جسم سے الگ کر دی ہے۔ دن نکل آیا ہے مگر ہلکی ہلکی بارش ہو رہی ہے۔ میں نیند تھوکتے ہوئے اُٹھ کر کھڑا ہو گیا ہوں۔ گلیاروں اور کوٹھریوں کے محافظ میرے پاس آئے ہیں۔ اُن کے غیر انسانی چہروں پر مسکراہٹیں ہیں۔ عجیب مسکراہٹیں جو اِس سے پہلے میں نے نہیں دیکھیں۔ وہ مجھے ایک ایسی زبان میں کچھ بتا رہے ہیں جو شاید میں نے صدیوں بعد سنی ہے۔ وہ مجھے دھمکی آمیز لہجے میں مطلع کر رہے ہیں کہ کل رات میرا باپ مر گیا ہے۔ اب وہ مجھے اپنے پیچھے چلنے کا حکم دے رہے ہیں، میں جلّاد کے پیچھے پیچھے چل رہا ہوں۔ کیا مجھے جھولتے ہوئے رسّی کے پھندے کی طرف لے جایا جا رہا ہے؟ اِن سب کے وزنی بوٹ میرے آگے مارچ کر رہے ہیں۔ میں رات بھر جاگا ہوں۔ ابھی تو نیند آئی تھی کہ رخصت کا وقت آ پہنچا۔ میں ایک بار پھر صبح کی نیند کے خلاف چل رہا ہوں۔ اپنے شل ہاتھ پیروں سے میں نیند کے خلاف ایک بیانیہ پھر لکھ رہا ہوں۔ آج سارے اعترافات اور چشم دید گواہ پورے ہو گئے۔

مگر نہیں ـــــ وہ صدر دروازے کی طرف جا رہے ہیں۔ وہ مجھے یہ خوش خبری دے رہے ہیں کہ میں اَب بالکل آزاد ہوں۔ وہ مجھے صدر دروازے تک الوداع کہنے کے لیے آئے ہیں۔ میں نے

پیچھے مڑ کر اُن تاریک گلیاروں اور کوٹھریوں کو دیکھا، بارش کی دھند میں وہ مجھے صاف نظر نہیں آتیں۔ گونجنے والے وہ وحشی قہقہے رُک گئے ہیں۔ چڑیلیں اور بھوت مجھے اپنی سونی اور اُداس آنکھوں سے ایک ٹک دیکھے جا رہے ہیں۔ میں شرمندہ ہوں، میں اُن کی آنکھوں کا سامنا نہیں کر سکتا۔ میں اُن کی جانب سے پیٹھ کر لیتا ہوں۔ میں اپنے لوگوں کو چھوڑ کر جا رہا ہوں۔ اپنے دوستوں، اپنے بھائیوں کو انھیں اندھیری راہداریوں میں ہنٹر کی شائیں شائیں اور بھر بھرا کر جلتے ہوئے اسٹوو کی آوازوں میں اپنے اپنے زیرِ آب جزیروں کی تلاش میں بھٹکتا ہوا چھوڑ کر میں اس عمارت کے ایک لمبے چوڑے سے دروازے سے باہر نکل رہا ہوں۔ کالی دیوار کی منڈیر سے ایک بھیگتا ہوا بندر کود کر اچانک میرے سامنے آ جاتا ہے اور اپنی سرخ سرخ آنکھوں سے مجھے گھورنے لگتا ہے۔ میں دروازے سے باہر سڑک پر ہوں۔ مجھے لینے کوئی نہیں آیا ہے۔ نہ ہی انھوں نے مجھے کسی کے سپرد کیا ہے۔ میں خود اپنے آپ کو سپرد ہوں۔ مگر وہ بھاگتی ہوئی آ رہی ہے۔ وہ آٹھ نو سال کی ایک بچّی عمارت کے اندر سے آئی ہے۔ اُس کی فراک کیچڑ سے تر ہے۔ محافظ اُسے دھکا دے کر اندر کرتے ہیں۔ مگر وہ مجھے الوداع کہنے آئی ہے۔ اُس نے محافظوں اور جلاّدوں کا گھیرا توڑ کر مجھے چوم لیا۔ اُس کے ہونٹ جلے ہوئے پھولوں جیسے ہیں۔ شاید اُس نے مجھے بابا کہہ کر پکارا ہے۔ مجھے معلوم ہے کہ وہ کوئی نہیں ہے۔ وہ میرے ہی اس چوٹ کھائے سر سے پیدا ہوئی ہے۔ میرے سر میں وہ نہ جانے کب سے جنین کی طرح رہتی ہے۔ میرے دماغ کا لہو پی کر اور میرے دماغ کی ہڈیوں کو چوس کر اُس کی پرورش ہوئی اور اب وہ ایک خواب کی طرح باہر آئی ہے۔ یہ خواب اِس عمارت کے اندر قید ہے، جس سے نکل کر میں باہر آیا ہوں۔

بارش ہو رہی ہے۔ لمبی اور سنسان سڑک بھیگی پڑی ہے۔ ایک دم سے شام کیسے ہو گئی۔ ابھی تو دِن تھا مگر اب دونوں وقت ملنے کا افسردہ منظر بارش میں بھی نمایاں ہے۔ سامنے بجلی کے جھولتے ہوئے تاروں پر ایک کوّا خاموشی سے بیٹھا بھیگ رہا ہے۔ بانس اور لکڑی کے شہتیروں سے لدا ہوا ایک

ٹرک بارش سے تر، کالی سڑک پر تیزی سے چھینٹے اُڑا تا ہوا گزر گیا۔ میرے عقب میں ایک اُداس اور بھاری آواز کے ساتھ صدر دروازہ بند ہو جاتا ہے۔ میں سڑک پار کر کے سامنے آ گیا ہوں۔ سڑک کے دوسرے کنارے پر کھڑے ہو کر اُس کالی چہار دیواری کو دیکھتا ہوں جو بارش میں بھیگتی ہوئی حدِ نظر تک پھیلی ہے۔ اُس پر اُگ آئی جنگلی گھاس ہوا میں آہستہ آہستہ ہل رہی ہے۔

میں نے اُس اداس عمارت کے دروازے پر نصب بورڈ کو غور سے پڑھا ہے۔ یہ ایک درس گاہ ہے۔ عظیم ترین درس گاہ۔ میں اب اِن کالی سونی دیواروں کو تشکّر آمیز نگاہوں سے دیکھتا ہوں۔ اِس خالی کرۂ ارض پر موجود آخرکار یہ وہ واحد جگہ ہے جس نے مجھے میرے کھوئے ہوئے زیرِ آب جزیرے تک پہنچا دیا ہے۔ میرے حافظے کو بہت گہرائی میں لے جا کر غرقِ آب کر دیا ہے۔ اِس درس گاہ کے اندر سارے طالب علم دنیا کے سب سے ہوش منداور عرفان و آگہی سے مالا مال انسان ہیں۔ اِسی لیے وہ اُن تنگ و تاریک کمروں اور سنسان گلیاروں میں ہنستے اور روتے پھرتے ہیں۔ اِس درس گاہ ہی نے مجھ پر یہ اسرار عیاں کیا ہے کہ خدا اور شیطان 'موت کی کتاب' پر جھکے ہوئے آخر کس بات سے نبرد آزما تھے؟ اب پتہ چلا ہے کہ وہ کتاب کے 'جملہ حقوق' کا مسئلہ نہ تھا، بلکہ ایک رات جب خدا سو رہا تھا اور اپنے خوابوں میں اُن بچوں کو دیکھ کر مسکرا رہا تھا جو اپنی اپنی ماؤں کے پیٹ میں خوشی سے کلکاریاں مار رہے تھے تو شیطان نے چپکے سے 'موت' کے معنی بدل دیے تھے۔ خدا کی کتاب میں 'موت' کے یہ تصور و معنی نہیں تھے۔ شیطان نے کسی اور لفظ کی جگہ 'موت' لکھ دیا۔ یہ لفظ 'زندگی' تھا۔ مگر اَب خدا قابل رحم حد تک مجبور تھا۔ شیطان کے قلم کی سیاہی اُڑنے والی سیاہی نہ تھی۔ سو اُن دونوں کا ازل سے جھگڑا چلا آ رہا ہے مگر وہ آپس میں ہنستے بولتے بھی ہیں اور وضع داری کا مظاہرہ کرتے ہیں تاہم انسان غلط فہمیوں اور خوش فہمیوں کے ایک طویل سلسلے سے منسلک ہے، جس کا نام یہ دنیا ہے۔

مگر یہ درس گاہ ایک متوازی دنیا ہے۔ خدا اور شیطان کی بنائی ہوئی دنیا سے یکسر مختلف اور اصل ہوش مند انسانوں کی دنیا۔ یہ وہ دنیا نہیں جہاں کوئی چپکے سے انسان کے ہاتھ میں ایک خنجر تھما کر چلا گیا ہے تاکہ اُس کا مقدر کبھی ختم نہ ہونے والی ایک سعی رائیگاں میں بدل کر رہ جائے اور وہ تمام عمر

تصویروں پر خنجر بازی کرتا رہے۔ ساری اشیا اور سارے انسان بھی محض تصویریں ہیں کیونکہ وہ نہ تو مکمل طور پر حقیقی ہیں اور نہ ہی غیر حقیقی۔ وہ سب ایک دوسرے پر مبنی ہیں۔ اُن کا کوئی مطلق اور خود مکتفی وجود نہیں۔

اس لیے اب اس کالی اور مہربان چہار دیواری سے باہر آجانے کے بعد میں جس دنیا میں ہوں، وہ بے ہوش انسانوں کی ایک لایعنی جگہ کا نام ہے۔ انھیں ہوش میں لانے کے لیے کسی پیغام، کسی تبلیغ یا کسی نعرے کی ضرورت نہیں بس رحمِ مادر پر ایک وزنی ٹھوکر ہی کافی ہے۔

بارش ہلکی ہوئی ہے، مگر اندھیرا پھیلنے لگا ہے۔ میں اب کہاں جاؤں گا؟ میں دوبارہ اُن ڈراؤنے راستوں سے نہیں گذرنا چاہتا۔ اُن سڑکوں پر نہیں چلنا چاہتا جو یہاں سے صرف واپس لوٹنے کے لیے بنی ہیں۔ میں اپنے ماضی کے بارے میں بھی کیا سوچوں؟ ماضی تو مردہ لوگوں کی حماقت بھری اُمید ہے جسے موت نے چھین لیا اور اپنی کالی جلد والی کتاب میں درج کرلیا۔ تو مجھے اب اِس کا کوئی افسوس نہیں کہ میں نے نجاست اور گناہوں کو ایک گیت کی طرح گایا تھا۔ یہ کیا کم تھا کہ کم از کم میں نے ایک گیت تو گایا۔ ہر شے، ہر جذبہ اور ہر انسان میرے سامنے ایک پیکر بن کر آیا۔ نفرت، محبت، گالی، ذلّت، آنسو، مکا اور دُکھ سب نے مل کر برگد کے ایک گھنے پیڑ کے سائے میں آکر دیوانہ وار رقص کیا۔ شہوت، فحاشی اور خواہش کے سُر اور تال پر میں مرنے کو آیا مگر میں نے شیطان کے فریب اور سازش اور خدا کے تساہل کی نذر شدہ 'موت کی کتاب' کو کھول کر بھی نہیں دیکھا۔ برگد کے تنے سے پھوٹتے ہوئے میرے خون کو کیا 'بدّھا' اپنی بھکشا کے لیے سویکار کریں گے؟

اچھا ہے کہ برّاعظموں یا زمینوں میں نئی نئی درازیں بن رہی ہیں۔ زمین کے اندر سے نکلنے والے لاوے کا یہ فرض ہے کہ اب وہ جلد ہی ایک نیا سمندر بن کر زمین کے ایک اور بڑے، بے حس اور بہرے حصّے کو بہا کر لے جائے۔ ایسی گھاٹیوں اور دراڑوں کا یہ فرض ہے کہ وہ لال ساگر سے جا ملیں۔ کم از کم وہ انسان کے شہوت بھرے خون کے سمندر سے کم وحشی، کم بدبودار اور کم جھاگ اُنڈیلنے

والا ہوگا۔

بارش تیز ہونے لگی۔ میں اِس بارش میں بھیگتے ہوئے، اپنے چیتھڑے چیتھڑے ہوکر جھولتے ہوئے لباس کے ساتھ کچّی زمین پر آ گیا ہوں۔ میرے پھٹے ہوئے جوتوں میں پانی بھرنے لگا۔ یہاں ایک چھوٹا سا گڈّھا ہے، جس میں اِس وقت پانی بھرا ہوا ہے۔ میں اپنے لیے اِس بہترین جگہ کا انتخاب کرتا ہوں۔ یہاں سے یہ درس گاہ مجھے ہمیشہ نظر آتی رہے گی۔ وہ کالی چہار دیواری، وہ لکڑی کا بڑا سا اکیلا اور اونچا صدر دروازہ۔ ایک درس گاہ کے سامنے بیٹھ جانا کم از کم کسی خانقاہ یا درگاہ کے سامنے بیٹھ جانے سے بہتر ہے۔

خودکشی، میری ہمزاد، میرا انوکھا اور نادر خیال جسے میں نے خود دریافت کیا ہے، میرے ساتھ ہے۔ ہر شخص کو اپنا ہمزاد دریافت کرنا چاہیے اور اُسے اپنے بس میں کر لینا چاہیے۔ میرا ہمزاد اب میرے بس میں ہے۔ وہ میرے تابع ہے۔ میں نے خودکشی کو اپنے پھٹے ہوئے جوتے میں رکھ لیا ہے۔ وقت پر میرا حکم بجالانے والے ایک آخری ہتھیار کی طرح۔ میں اپنے ہم زاد کا آقا ہوں۔ میرا جوتا ہی میرے ہم زاد کا مسکن ہے۔

میں پانی سے بھرے ہوئے اِس چھوٹے سے گڈّھے میں اُکڑوں بیٹھ گیا ہوں جہاں سے تمام عمر میں اِس عظیم درس گاہ کو دیکھتا رہوں گا۔ میں یہاں سے نہیں اُٹھوں گا۔ رات پھیل گئی ہے۔ بارش کی ٹپ ٹپ جاری ہے، مگر میں ایک دوسرے پانی کی آواز بھی سن رہا ہوں۔ یہ بارش کا پانی نہیں ہے۔ یہ دور کہیں بہت دور سے چھوڑا جا رہا ہے۔ مجھے معلوم ہے کہ میں غرقاب ہو جاؤں گا۔ مگر اُس سے پہلے میں ایک درخت بنوں گا اور پھر سوکھ کر اپنی جڑوں میں بدل جاؤں گا۔ تب درس گاہ سے وہ باہر آئے گی۔ میرے دماغ کی کوکھ میں پلنے والی میری بیٹی، وہ اپنے ہاتھوں کو کدال بنا کر اس گڈّھے کی مٹّی میں ہاتھ ڈالے گی۔ میری جڑیں اُس کے ہاتھوں میں پھنس جائیں گی۔ یہ جڑیں اِس بار رحمِ مادر کی شکل کی ہوں گی جس میں میری بیٹی کو داخل ہونے کے لیے کسی بے رحم مادّہ منویہ کی کمینی بوند کی ضرورت نہیں پڑے گی۔ اور موت کی کتاب میں اُس کا نام کبھی درج نہیں کیا جاسکے گا۔

رات بڑھ رہی ہے۔ رات ختم ہوگی۔ پھر رات ہوگی۔ خالی زمین کے پاس سوائے گردش کرتے رہنے کے اور کام کیا ہے۔ مگر میں اپنے اِس آخری مسکن کو چھوڑ کر اب کہیں نہیں جاؤں گا۔ پانی کا شور بڑھ رہا ہے۔ میرے سر پر کسی درخت کا سایہ بھی نہیں ہے۔ مگر مجھے کوئی پروا نہیں۔ ہوا اچانک بہت تیز ہوگئی ہے۔ بارش کسی دوسرے اجنبی پانی کے ساتھ مل کر طوفان میں بدل رہی ہے۔ سڑک پر ٹرکوں کا آنا جانا رُک گیا۔ شاید سیلاب آ رہا ہے۔

گڈّھے میں اُکڑوں بیٹھے بیٹھے پانی میرے گھٹنوں تک آ پہنچا۔ مگر مجھے پتہ ہے کہ یہ میرے سر سے اونچا نہیں ہوسکتا۔ اِسے اترنا پڑے گا۔ ہر پانی کو اور ہر باڑھ کو ایک دن بہر حال اُترنا ہی پڑتا ہے۔ میں اپنے جوتے میں رکھّی ہوئی، پانی سے تر بتر خودکشی کو ہاتھ سے تھپتھپاتا ہوں اور طوفانی بارش میں ایک بار سنبھل کر اُس گڈّھے کے تاریک پانی میں سر جھکا کر اُکڑوں بیٹھ جاتا ہوں۔ ○○○

موت کی کتاب | خالد جاوید |

آخری ورق

موت کی کتاب | خالد جاوید |